ALFAGUARA
Voramar

ALFAGUARA **Voramar**

www.llegiresunbonpla.cat

ALFAGUARA
Voramar
www.leeresunbuenplan.es

València, 44
46210 Picanya (València)
Telèfon 96 159 43 90

ISBN: 978-84-8194-195-1
Depòsit legal: M-21.593-2005

Novena edició: juny 2014

Edició revisada per l'autora

Disseny de la col·lecció:
MANUEL ESTRADA

Printed in Spain

SANTILLANA

Una setmana tirant de rock

Gemma Pasqual i Escrivà

Il·lustracions d'Albert Espí

ALFAGUARA

Voramar

A Guillem, el meu fill

Qui son camí verdader ha errat
per anar lla on vol sojorn haver,
és-li forçat que prenga mal sender
e mai venir a son lloc desijat.

Ausiàs Marc

Diumenge, després del concert

L’habitació és fosca. Un tímid raig de sol s’hi ha atrevit a entrar travessant valentament la persiana i la cortina que amb tanta cura havia tancat la mare.

El Guillem obri un ull i després l’altre.

«Quina hora deu ser? Prompte...», pensa. Mira el rellotge.

—No pot ser, les tres de la vesprada! —exclama. Es toca el cap, li fa molt de mal.

Dóna una ullada al dormitori. Tot és al seu lloc. Hi ha un grapat de papers escampats per terra; des que va posar a la paperera una cistella de bàsquet en miniatura, no hi ha manera de fer un triple.

Els pòsters continuen a la paret. Li va costar que la mare li deixara posar el cartell publicitari de la Rihanna que va pispar de la parada de l’autobús; però, al final, una abraçadeta i tres besets i allí estava la ella.

Es mira les capses dels videojocs amuntegades damunt la taula; haurà d'endreçarles, és impossible trobar cap joc amb aquell desastre... Se sorprèn dels seus propis pensaments, el mal de cap li està afectant el cervell, ja parla com la mare, més ben dit, pensa com ella.

Continua recorrent l'habitació. No li agrada el color de les parets. La mare va voler pintar-la de blau perquè deia que tranquil·litzava, però a ell el fa posar nerviós. Li agradaria més pintada de groc amb sanefes negres; ja sap que és un poc radical, però se sentiria més a gust si fóra així i, qui sap, potser estudiaria més i tot.

L'armari continua sense poder tancar-se, té tota la roba amuntegada dins, i ha trencat les frontisses de les portes de tant de forçar-lo a pressió.

Damunt la cadira hi ha la samarreta d'Els Pets. El concert va ser ahir. No s'ho pot acabar, li l'han signada tots els components del grup, incloses les Llufes. Es fixa en la signatura del Gavaldà, quina passada!, i a més a més també li l'han dedicada. Se li acaba d'acudir una idea: farà una col·lecció de samarretes dedicades, ja en té dues, la d'Els Pets i la del Barça, signada per Messi.

Té molta set, la llengua li sembla un fregall d'espart. Per què té aquell estrany mal gust de boca? L'exaspera sentir-se així. Estira els braços dins els llençols, acotxa les cames i la ment el du a recordar la setmana passada abans del concert.

Dilluns, cinc dies abans del concert

En un carrer molt cèntric i ben antic de València, l'avinguda de Ramon Muntaner, hi havia l'institut del Guillem. A primera vista imposava. Era un antic palau que havia tingut com a propietaris uns rics mecenes que el van convertir en escola d'arts i oficis. Anys després, va passar a les mans de la Generalitat i ara era un institut d'ensenyament secundari.

Els dos grans salons del palau eren en l'actualitat la sala d'actes i un gimnàs cobert. Les altres dependències les havien transformades en les oficines de secretaria i en els despatxos del professorat i de direcció. I a la part de darrere, on havien estat les cavallerisses i les cases dels criats, ara hi havia dos edificis nous per a fer-hi classes.

El Guillem va pujar la gran escalinata de fusta i marbre que conduïa al despatx del Ferran, el professor de Llengua. Estava nerviós, el professor semblava molt enfadat quan l'havia cridat per parlar amb ell. Va tustar tímidament a la porta. A l'altra banda es va sentir la veu del Ferran que el convidava a passar.

El despatx era ple de llibres i la taula quasi no es podia veure dels papers que hi havia al damunt. Tot i això, el Guillem va distingir de seguida el seu examen.

—Prenga cadira, senyor Guillem —li va ordenar el professor.

El Guillem va seure sense dir res.

—Volia que m'explicara algunes respostes del seu examen —va dir el professor greument.

El Guillem restava callat. Quan el Ferran et parlava en aquest to i a més a més de vostè és que la cosa anava de bo.

—Vejam aquesta pregunta, la número sis: «Quina novel·la cavalleresca va ser escrita primer, el *Tirant lo Blanc* o el *Quixot?»* —va dir tot enfadat el Ferran.

El Guillem estava mut. No badava boca.

—I vostè respon: «Es clar que el Quixot va ser escrit primer». Jo no ho veig tan clar, però una cosa sí que és clara: que vostè ho té ben clar —el Ferran continuava ironitzant—. La segona part de la pregunta deia que raonara la resposta. I vostè contesta: «És evident que el Quixot era una persona molt més gran que el Tirant.» I ací acaba la seua resposta.

Es va fer un gran silenci. El Guillem continuava sense obrir els llavis.

—Ha viatjat darrerament a cap país tropical? —li va preguntar sobtadament el Ferran.

—No, jo... no... —va balbucejar el Guillem, que no sabia per què li havia fet aquesta pregunta.

—Li ho dic per si de cas havia agafat cap tipus de febre que el fera desbaratar d'aquesta manera en els exàmens.

El Guillem semblava com si haguera perdut la llengua. La crítica del professor li havia caigut com un poal d'aigua freda al damunt. Per fi, va poder articular algunes paraules.

—Es veu que no vaig entendre massa bé la pregunta... —va dir tímidament.

—Que no va entendre la pregunta?! —va preguntar el professor, enfurismat—. I quina part de la pregunta no ha entès el senyor? Perquè la primera part era ben clara: quin llibre havia sigut escrit primer. Tenia un cinquanta per cent de probabilitats d'encertar-la, si ho deixava a l'atzar. Però, com que el joc és el joc, ha perdut. La resposta correcta era el *Tirant.* Té molt mala sort en el joc, caldrà que estudie més. Quant a la segona part, relativa a raonar la resposta, tenia diverses possibilitats. La més fàcil era indicar els segles en què havien sigut escrites les dues novel·les. S'hauria sorprès, senyor Guillem: hi ha més d'un segle de diferència, ja que el *Tirant* és del final del segle XV, i el *Quixot,* del començament del XVII. I si no se'n recordava, dels segles, una altra manera de raonar-ho, perquè també s'havia comentat a classe, era considerar el fet que el *Tirant* va ser citat com a material de ficció al *Quixot,* com també aparegué a *L'Orlando furioso,* d'Ariosto, i a *Much ado about nothing,* de Shakespeare, entre d'altres.

Només li faltava això, que el Ferran es posara a xarrar en anglès! Però el professor no deixava la paraula i continuava parlant.

—I com bé pot suposar, si va aparèixer com a material de ficció al *Quixot* era perquè havia sigut escrit abans, a menys que el senyor Martorell, després de llegir el *Quixot,* pensara: «Guaita! "Tirant lo Blanc", un bon títol per a una novel·la». Però hi ha un problema de difícil solució, i és que ja havia estirat la pota. Amb això queda demostrat, senyor Guillem, que per molt major que fóra el Quixot i per molt jove que fóra el Tirant, la novel·la cavalleresca *Tirant lo Blanc* va ser escrita primer.

En vista de tota aquesta xarrameca, no li va venir a la boca res per a excusar-se i va acotar el cap.

—En realitat, esperava molt més de tu, Guillem. Cal que estudies; si no, no aprovaràs mai la meua assignatura. I no em vingues amb excuses, la resta de l'examen està igual de malament —li va dir el Ferran, ara amb un to més afable però igual de seriós.

El Guillem volia eixir del despatx, es trobava incòmode, però el professor encara no havia acabat.

—I no t'oblides que divendres que ve tens la recuperació. Tornaré a preguntar-vos sobre el *Tirant,* i aquesta vegada vull que te'l lliges. Estic segur que t'agradarà.

❖

Un butlletí de notes estava tirat a la gespa de l'escola, i al costat, el Guillem, més tirat que el butlletí.

No s'ho podia creure, li havien suspès la Llengua. A més de l'Anglès i les Matemàtiques, és clar.

Es mirava el pati de l'escola. Bé, no sabia com dir-li, a aquell edifici d'ensenyament secundari obligatori, allò que vulgarment tots anomenaven ESO. El Guillem creia que aquest nom definia perfectament l'escola i el que allí s'ensenyava.

El pati era gran i tenia molts arbres. L'únic problema era que hi havia poques porteries de futbol, l'esport preferit de xics i xiques a l'escola. Dels edificis nous, valia més no parlar-ne. Eren com aquells pavellons prefabricats que hi havia als magatzems de taronja, dues grans moles de ciment. Semblava que l'arquitecte que els va dissenyar no es va adonar que al costat hi havia un palau del segle XIX.

L'Enric, el seu millor amic, se li va acostar.

—Com va això, Guillem? Quantes te n'han caigut?

—Tres. Les dues de sempre i la Llengua. No ho vulgues saber, com es posaran els meus pares! A tu, no cal ni que t'ho pregunte: cap, veritat?

—Bé, deixem-nos d'històries. La notícia no són les notes sinó Els Pets, que faran un concert dissabte que ve. No t'enrotlla, Guillem?

—Que si m'enrotlla? T'acabe de dir que m'han suspès tres assignatures. Creus que els meus pares em deixaran anar al concert? Si foren les dues de sempre, encara; però la Llengua! Ja veuràs la que m'armen, de segur que no em deixen eixir de casa un any sencer. Em veig a pa i aigua, Enric! I tota la culpa la té el Ferran, quin professor!, es passa la vida dient-me que si no m'esforce, que si per a mi, que sóc un xicot espavilat, hauria de ser més fàcil, que si la Llengua ha de ser tractada com qualsevol altra assignatura, que si cal dedicar-li temps, etc., etc., bla, bla, bla... Mira la Reme, castellanoparlant, no sap construir una frase, i va i l'aprova. Estic cremat!

L'Enric no va saber què dir-li. Es va llevar les ulleres i es va posar a torcar-les. El Guillem se'l va mirar. Sense ulleres semblava un xiquet, amb aquests cabells rojos i la cara plena de pigues que ressaltaven el doble amb la pell tan blanca. I ara, per postres, només li faltaven els grans. Amb raó deia que no lligava... —va pensar el Guillem—. Però tenia molta sort, sempre aprovava a la primera i els seus pares el deixaven anar a totes bandes. És clar, no era fill únic, com ell, i la seua germana Mireia anava obrint-li camí.

A l'eixida de l'institut es van trobar amb la Laia.

«Mira que és bonica!», va pensar el Guillem. No calia ni explicar que estava boig per ella. Es coneixien des que van començar l'ESO, ara feia dos anys. Sospirava pels seus cabells negres i molt curts, que li feien joc amb els ulls grans i foscos. Era alta i molt prima. L'Enric sempre deia que li faltava carn i que era massa alta per al Guillem. Però ell la trobava perfecta.

—Quantes te n'han caigut, Laia? —va preguntar l'Enric.

—Una, l'Anglès. I a tu, Guillem, com t'ha anat?, perquè a aquest no cal preguntar-li-ho —va dir.

—Tres. Ja saps que el Ferran m'ha suspès? —el Guillem li parlava mentre s'encantava en el seu rostre. No deixava de mirar-la com si li haguera donat encantàries.

—Ja et va avisar el trimestre passat... —va interrompre de sobte el Carles.

Tots van callar. Al Guillem no li queia massa bé el Carles. Tenia quinze anys, però semblava més gran. Tenia moto, diners i molta cara. Sempre estava intentant lligar-se la Laia.

—I tu qui ets, Pepet Grill? —li va replicar la Laia.

El que el Guillem no sabia és que a la Laia no li feia cap gràcia el Carles. El considerava un masclista, i no li agradava gens el soroll que feia amb la moto. Semblava com si aquest xicot no haguera sentit parlar mai de la contaminació acústica.

—No, si no ho dic per res, dona —es va excusar el Carles—. És que no sabeu tractar els professors. Feu com jo, tinc una bona fórmula. Apunteu-la: unes poques bones paraules, una miqueta de respecte i una cosa fonamental per als exàmens, quarta i mitja d'apunts... El resultat? Ací el teniu —va mostrar el butlletí—: tot aprovat. Veieu que fàcil?

Tots van riure. Però el Guillem no estava per orgues i va advertir el Carles.

—Sí, home, però el dia que t'agafen hauràs begut oli, ja no et salvarà ningú. Tu vés jugant, que el Pere, el de Matemàtiques, ja et té controlat.

—Que vindreu al concert d'Els Pets? —va saltar la Laia tota entusiasmada—. Sembla que hi anirà tota l'escola. Volem veure si ens fan un descompte per ser un grup tan nombrós.

—Sí, dona!, dos per un, com si fóra un hipermercat —va exclamar l'Enric—. Tu pagaràs quinze euros, com tot el món, o deu, si la compres anticipada.

El Guillem va callar, va acotar el cap i els seus ulls van ensopegar amb el butlletí de notes.

La Laia també aniria al concert i el Carles amb ella. Era el que faltava per a arreglar-li el dia.

—Què et passa, Guillem? —li va preguntar la Laia, preocupada.

—Que no aniré al concert —li va contestar secament.

—I això per què? —va preguntar ella.

—Tu trobes que, amb aquestes notes, els pares m'hi deixaran anar? —va preguntar el Guillem sense esperar cap resposta. Tenia molt clar que no aniria al concert.

—I per què ho han de saber els teus pares? —va preguntar el Carles—. Munta-t'ho, home!

Me'n vaig cap a casa —es va acomiadar el Guillem mentre obria el cadenat de la bicicleta.

Pedalejava fort i el vent li tocava la cara. Li encantava anar amb bicicleta, se sentia lliure. L'institut estava un poc lluny de sa casa i abans havia d'agafar dos autobusos per a anar-hi. Al principi, als pares no els acabava de convèncer que el fill fera de ciclista, amb el trànsit que hi havia a València. Però el Guillem es queixava que, a l'autobús, s'hi anava com les sardines al barril. De manera que, amb una abraçadeta i tres besets, solucionat. Ah!, i l'ajuda dels iaios, que li la van regalar per Reis.

S'estimaria més tenir moto, així podria dur la Laia a casa. Però això, de moment, era impossible.

«Munta-t'ho, home!». Les paraules del

Carles li bullien al cap. Però muntar-s'ho no era tan fàcil. El Guillem no tenia el costum de mentir als pares, i mai amb una mentida tan grossa.

❖

Quan va arribar a sa casa, els pares encara eren a la faena. Va agafar un refresc de la nevera i es va tancar a la seua habitació. Es va asseure damunt del llit i va traure de la motxilla el butlletí de notes per tornar-les a mirar. Per un instant, va desitjar amb totes les seues forces que un estrany poder vingut de l'espai exterior haguera canviat els suspensos per aprovats, o almenys la nota de Llengua, si és que el seu poder no podia amb tanta mala sort. Però no, el butlletí era intacte. Semblava que li haguera tirat un malefici algú que tinguera interès que no anara al concert. «De segur que havia sigut el Carles», va pensar.

Mai havia sigut supersticiós. Però ara estava segur que tot allò havia de ser obra d'un estrany sortilegi; si no, com s'explicava que la mateixa setmana que li havien donat les notes vingueren Els Pets a València? I el més sospitós de tot era que li suspengueren la Llengua, amb la importància que li donaven els seus pares. Si li hagueren suspès el castellà, encara els hauria pogut convèncer amb l'argument que ell era molt dolent per als idiomes. Però no, per a arredonir el xavo, en aquesta assignatura havia tret bona nota.

24

Va sentir la porta tancar-se. Els seus pares ja eren a casa. Va guardar el butlletí altra vegada a la motxilla. Va decidir que els donaria les notes en havent sopat.

—Hola Guillem, ja has arribat? —va preguntar la mare—. Avui has vingut més d'hora.

—Com ha anat, nano? Venim de comprar provisions. Ja veuràs quines coses més bones que t'hem portat —va dir el pare tot somrient.

—Què et passa, fill? Fas mala cara —va observar la mare, preocupada.

A sa mare no se li escapava res. El Guillem tenia la sensació que duia gravat el butlletí de notes al front i amb lletres de neó la nota de Llengua.

No podia callar més, de manera que va optar per la via directa.

—Tinc les notes... —va dir el Guillem amb un fil de veu.

—Bé, de segur que no n'hi haurà per a tant —li va contestar el pare.

«Sí, trobe que sí», va pensar el Guillem.

—I per què no ens les mostres i així eixirem tots de dubtes? —va dir la mare.

Per als pares del Guillem, la formació acadèmica del fill era molt important. Els dos eren llicenciats. El pare era economista i treballava de directiu en una fàbrica de congelats. Això de «directiu» impressionava molt la gent que llegia la seua targeta de presentació; però, en realitat, era una empresa menuda en la qual feia quasi de tot, també d'agent comercial. Fins i tot alguna vegada havia hagut d'apegar algun segell quan faltava personal. No és que guanyara un gran sou, però era suficient per a viure més que bé si s'ajuntava amb el sou de la mare, que era advocada i treballava en una assessoria fiscal.

A ells els agradaria que el fill fóra metge o arquitecte. Però semblava que el Guillem es decantava més per la informàtica. Encara era molt jove però, per les notes que treia, ja estaven perdent les esperances que fóra metge. De totes maneres, la mare sempre deia que no era convenient trencar la girada als joves i que calia que es dedicaren a allò que els vinguera de gust. Sempre que tragueren una llicenciatura, és clar.

Quan va entrar al menjador amb el butlletí de notes a la mà, els seus pares ja estaven asseguts a taula. Al Guillem li van semblar dos jutges a punt de dictar una sentència de cadena perpètua. Els pocs metres que separaven la porta de la taula se li van fer quilòmetres. Es va mirar el menjador. Les parets blanques plenes de quadres enormes amb pintures abstractes que els pares compraven a pintors novells —deien que era una inversió, que algun dia aquests quadres valdrien una milionada— li queien al damunt com barrant-li el pas.

Va intentar seure en una d'aquelles cadires tan modernes i tan incòmodes que a la mare tant li encantaven. Però semblava que foren més grans i més altes que mai. Per fi, va optar per quedar plantat.

Els pares es van mirar les notes.

—Tens res a dir, Guillem? —li va preguntar la mare.

—Ja sabeu que m'he esforçat molt, però l'Anglès no m'entra. I en Matemàtiques he tret un 4,7, però el professor no m'ha volgut aprovar —el Guillem no parava de balbucejar excuses—. Ah!, i el de Llengua em té mania —va afegir.

S'hauria volgut mossegar la llengua. Mai hauria d'haver dit aquesta frase. Mai de la vida l'hauria d'haver anomenada, aquesta assignatura. Però el que està fet ja està fet, i ara els jutges es convertirien en botxins i executarien la sentència.

—Guillem, vés-te'n a la teua habitació, que la mare i jo hem de parlar. Ja t'avisarem quan hàgem pres alguna decisió —va dir el pare en to solemne.

Els pares es creien molt democràtics en actuar d'aquesta manera. Però al Guillem no li semblava just no ser present en aquella reunió, almenys per a poder defensar-se de totes les acusacions.

Després de deliberar una bona estona, els pares el van cridar.

—Escolta, Guillem —va començar la mare—. Primer de tot volem dir-te que el trimestre passat vas suspendre l'Anglés i les Matemàtiques. Aleshores ens vas dir que era el primer trimestre i que en el segon millloraries. Doncs bé, aquest és el segon trimestre, i a aquestes dues assignatures els has afegit la de Llengua.

—Sí, mare, però he millorat les notes d'Anglès i de Matemàtiques, aquesta volta m'han suspès per dècimes. I això de Llengua no tornarà a passar. És que m'havia estudiat tota la matèria, però justetet m'han preguntat per autors que el Ferran, el professor, havia dit que potser no anaven per a examen —tornava a balbucejar excuses—. A més a més, l'ESO és més difícil del que us penseu —va concloure el Guillem.

Els pares van dictar sentència.

—El que nosaltres creiem és que no estudies prou. Dediques més hores a la videoconsola que als estudis. Per això, la mare i jo —va dir en to seriós el pare— hem decidit que durant aquest trimestre i fins que millores les notes no podràs usar-la. I et limatarent les hores devant l'ordinador. A més a més, no eixiràs els caps de setmana.

—Però això no és just! —va replicar el Guillem—. L'ordinador el necessite per a estudiar, els treballs els faig amb l'ordinador.

—Haurás d'organitzar-te millor —va contestar la mare.

—Si ja ho faig! —va objectar el Guillem.

Els pares no van dir res. Dels caps de setmana, el Guillem no va gosar parlar-ne. Sabia que això era més negociable després d'un parell de caps de setmana sense eixir, perquè els pares, encara que ho semblaren, no eren tan durs. Però una cosa era clara, que dissabte vinent no podria anar al concert.

«Munta-t'ho home!» Les paraules del Carles li tornaven al cap. Sí que s'ho havia de muntar. El més important per al Guillem en aquell moment era anar al concert. Sí, però com?

Podia dir als pares que es quedaria a dormir aquest cap de setmana a ca l'Enric; dilluns següent tenia la recuperació de Matemàtiques i ell podria ajudar-lo. Probablement s'ho creurien, no els havia mentit mai i confiaven en ell. Li dolia enganyar els pares, però no tenia cap altra alternativa. Mai entendrien com era d'important per a ell anar a aquest concert.

A més a més hi havia un altre problema: els diners. No tenia un clau, i els pares no li avançarien res de la setmanada. De fet ja els devia tot el mes i una part del següent. Hauria de recórrer a la família, a veure si algú li passava una miqueta de diners.

Va ficar el cap dins els llibres. Havia d'aprovar la recuperació de Llengua, així se sentiria millor ell i també seria una compensació per als pares.

Dimarts, quatre dies abans del concert

L'endemà després de classe el Guillem va anar a veure els iaios, feia alguns dies que no sabia res d'ells. De segur que la iaia li donaria alguns diners.

Els iaios vivien en una casa prop de l'avinguda Jaume I, on es trobaven les dues universitats de València. Al Guillem li agradava molt passejar per l'avinguda i barrejar-se amb els universitaris que anaven amunt i avall carregats de llibres.

Una vegada fins i tot va entrar en una de les biblioteques. No és que buscara cap llibre en especial, tan sols volia veure l'ambient que es respirava en aquell lloc, com deia el seu professor d'Història, «seu i bressol de la cultura». Volia seure al costat dels estudiants i sentir-se'n un més. Però la biblioteca no era com la de l'escola, on tots el llibres estaven a la mà i només havies de parlar amb la bibliotecària quan te'n volies endur algun a casa. A la biblioteca a la qual va entrar no es podien tocar els llibres de les prestatgeries, i si en volies cap, li l'havies de demanar a la persona encarregada. Això sí, primer havies d'apuntar-te les referències del llibre, i aquestes es trobaven en un arxiu a l'entrada; a més a més, havies de mostrar el carnet d'estudiant. Al Guillem això li va semblar massa complicat i se'n va anar a casa.

Una altra volta va ficar el nas a la cafeteria de la Facultat de Periodisme. Es pensava que la gent d'aquesta facultat tindria un posat molt intel·lectual i que amb sort hi trobaria alguna persona famosa. Però el que hi va veure el va decebre molt. Semblava un bar qualsevol, però molt més gran; a més, era ple de gom a gom. Des d'aquell dia, el Guillem ja no va tornar a veure els periodistes amb els mateixos ulls.

La casa del iaios tenia alguns anys, però estava reformada i l'havien decorada amb molt de gust. On s'estava mes bé era a la terrassa. Hi havia tota classe de plantes: geranis, falgueres, tulipes, a més d'un vitet i un nesprer. També tenia un tobogan des d'on el Guillem s'havia llançat milers de vegades, fins i tot ara que era més major. En una de les parets de la terrassa hi havia una cistella de bàsquet, però la iaia no hi deixava jugar perquè deia que li llançaven a perdre les plantes.

A vegades, si feia bon temps, els iaios convidaven tota la família i torraven xulles a la terrassa. I a l'estiu, els més menuts es banyaven en una piscina inflable on sols cabia un pam d'aigua, però en la qual els xiquets s'ho passaven d'allò més bé.

Al Guillem li agradava molt anar a veure'ls i seure a berenar mentre xarrava amb el iaio Lluís. Sempre havia pensat que els iaios l'entenien millor que els pares. Ells l'escoltaven i no eren tan estrictes amb les notes. Bé, el iaio més que la iaia. Ella pensava que tots no havien nascut per a ser mestres. Aquesta frase al Guillem li encantava. Els pares volien que estudiara i a ell, en canvi, els llibres no li feien cap gràcia. El que en realitat li interessava era la informàtica, però la mare sempre li deia que per a això també calia estudiar una llicenciatura.

Els iaios sempre s'alegraven molt de veure'l.

—Quina oloreta més bona! Què fas, iaia? —va preguntar el Guillem a la iaia Dora quan encara eren a la porta.

—El sopar. Ja saps que el iaio i jo sopem prompte, fem horari europeu. Ja has berenat, fill?

—No, iaia, vinc a postes per això. Ets la millor cuinera del món! —va exclamar el Guillem mentre li besava les galtes.

—Què vols: conill amb tomaca o pernil, que n'hem comprat un i ha eixit boníssim?

—No ho sé, iaia, em poses en un dilema.

—Ja sé el que farem. Et trauré una talladeta de pernil perquè vages fent boca i, a més, et prepararé un entrepà de conill.

—Tu sí que saps, iaia! —va dir el Guillem mentre l'estrenyia amb els braços.

La iaia se'n va anar a la cuina més contenta que unes pasqües. Ell es va dirigir cap a la terrassa, on va trobar el iaio llegint un llibre.

—Com va això, iaio?

—Anem fent... I tu, Guillem, com és que has vingut entre setmana a veure'ns? —al iaio no se li escapava res. Sort que va aparèixer la iaia amb un bon tall de pernil.

—Pren. Ara et duré l'entrepà.

El Guillem va seure al costat del iaio. S'hi estava molt bé. Per uns moments va oblidar el concert. La iaia va tornar amb l'entrepà.

—Tin, Guillem, menja-te'l ara que és calentet —li va dir ella—. I el Guillem no es va fer pregar, se'l va cruspir en un tres i no res.

—El conill és deliciós —va dir el Guillem amb la boca plena.

—I el pernil, t'ha agradat? —li va preguntar la iaia.

—Per a llepar-se'n el dits!

—Això ho has de dir al iaio, que és qui l'ha triat.

—Has tingut molt d'ull.

—Són molts anys triant-ne —va concloure el iaio.

Encara que ho semble, no els estava ensabonant. El Guillem estimava molt els iaios i amb ells se sentia molt a gust. Però el iaio no havia oblidat la pregunta del principi.

—I com és que has vingut avui?

—M'han donat les notes.

—I com ha anat?

—Malament. M'han suspès tres assignatures —va dir el Guillem acotant el cap.

—Bé, tots no podem ser mestres... —va saltar la iaia.

—Hauràs d'estudiar una miqueta més —li va aconsellar el iaio.

—Si ja estudie, iaio, sempre em suspenen pels pèls... —es va excusar el Guillem.

—Sembla que avui tots tenim un dia negre. A mi se m'ha espatlat l'audiòfon i m'ha costat un ull de la cara arreglar-lo. Per a acabar-ho d'adobar, ha vingut el rebut dels mòbils i no vulgues saber el que ens han cobrat, un grapat de diners! I és que la iaia es passa el dia parlant amb ta mare, ni que no es veieren mai...! —va dir el iaio tot enfadat.

—Sí, home, com si tu no parlares mai per telèfon! —va respondre la iaia.

Després de sentir aquestes paraules, el Guillem no es va atrevir a demanar-los diners perquè, com sempre deia la mare, amb la pensió dels iaios no es podien fer miracles.

—Vols una crema d'ou per postres? —li va preguntar el iaio—. L'ha feta la iaia.

—Estic ple... Has dit crema d'ou, iaio? Bé, li faré lloquet —s'hi va repensar el Guillem rascant-se la panxa.

La iaia va anar corrents a dur les postres.

—Si després no sope i la mare em marmola, ja sabeu qui en té la culpa —els va advertir el Guillem tot rient.

—No patesques, fill, el que va davant, va davant... —va riure la iaia tota cofoia.

Es va acomiadar dels iaios. Tenia clar que havia de buscar els diners en una altra banda. Els demanaria a l'oncle Toni, el germà de la mare. Tenia una botiga d'informàtica. El Guillem l'admirava, era tot el que ell volia ser de major. Tenia un cotxe esportiu i una botiga plena de videojocs per a jugar tot el dia i, damunt, cobrant un bon sou.

La botiga estava molt a prop de cals iaios, de manera que va decidir anar-hi aquest mateix dia.

❖

Quan va arribar a la botiga era plena de gom a gom, però no li va importar, es quedaria tafanejant fins que l'oncle acabara.

—Hola Guillem, què fas per ací? —li va preguntar l'oncle Toni.

—Volia parlar amb tu.

—Doncs hauràs d'esperar-te una miqueta. Tens pressa?

—No. Necessites ajuda?

—No, gràcies, encara tens catorze anys, però quan en tingues setze, ja en parlarem. Mira, m'han portat un nou joc d'ordinador. Vés provant-lo mentre atenc la gent i en acabant xarrem.

Es va asseure en una taula i començà a jugar amb l'ordinador. S'estava fent fosc, de manera que va decidir telefonar a la mare. Sabia que a ella no li importaria que arribara tard si estava amb l'oncle Toni.

Cada vegada entrava més gent. El Guillem va prendre nota de tots els articles nous que hi havia a la botiga. La gent continuava allí. Després va donar una ullada a la rebotiga, era plena de caixes. Ja quedava menys gent. Va anar al lavabo. Quan en va eixir, se n'havia anat tota la gent. Ja era l'hora de tancar. L'oncle Toni encara estava ordenant uns papers, de manera que va tornar a entretenir-se amb el joc d'ordinador.

«De sobte, van irrompre a la botiga dos individus. L'un era alt i prim; l'altre, baixet i gros. Vestien gavardines blanques i portaven ulleres de sol negres. Feien una pinta ridícula.

L'oncle Toni se'ls va mirar sorprès. No sabia si traure'ls fora a colps de peu, donar-los els diners del calaix o telefonar a la policia.

Els homes es van acostar al taulell i, abans que obriren la boca, l'oncle Toni se'ls va adreçar.

—En què els puc servir, cavallers? —els va preguntar secament.

—Busquem el seu nebot Guillem —li va dir l'home alt i prim.

—Anem a pams. Qui són vostès? —va dir enfadat l'oncle Toni, a qui no feia cap gràcia que aquells dos tipus buscaren el seu nebot.

—Jo sóc Pasqual Martí —va dir l'home alt i prim.

—A mi em diuen Martí Pasqual —va dir l'home baix i gros.

—Això deu ser una broma? —va preguntar l'oncle Toni, exasperat.

—No, no és cap broma. On és el Guillem? —va preguntar Pasqual Martí.

—Qui són vostès? —va insistir l'oncle Toni.

—Som de l'Agència —va dir Martí Pasqual.

—De quina Agència? —va preguntar l'oncle Toni, que estava a un pas de fer fora aquells dos individus.

—Sóc ací —va dir el Guillem de sobte.

—El cap ens ha donat una faena per a tu —li va dir Pasqual Martí.

—Qui són, aquests dos? —li va preguntar l'oncle Toni.

—Tranquil, Toni, després t'ho explicaré —va dir el Guillem.

—Després, no! Vull que m'ho expliques ara mateix! —va dir quasi cridant l'oncle Toni.

—D'acord, d'acord! Són agents secrets —li va dir a cau d'orella el Guillem.

L'oncle va restar mut.

—De quina classe de faena es tracta? —va preguntar el Guillem.

—Ací no podem parlar, hi ha roba estesa —va dir Martí Pasqual.

—No patiu, és de tota la meua confiança —va dir el Guillem mentre mirava l'oncle, que semblava haver perdut la llengua.

Els dos homes li van donar una ullada ràpida i van prosseguir.

—L'enemic ens ha introduït un virus a l'ordinador principal. El cap ens ha dit que aquest problema només el pots resoldre tu —va dir Pasqual Martí.

—I per què jo? —va preguntar el Guillem.

—Ets el millor, necessitem la teua ajuda —va dir Martí Pasqual.

—Això depèn del preu —va dir el Guillem.

—Un milió de dòlars i unes vacances pagades a Eurodisney —va dir Pasqual Martí.

—Jo vull anar a Port Aventura; si no, no fem tracte —va dir el Guillem, que tenia al·lèrgia als ninots de Disney.

Els dos homes es van apartar del Guillem i del seu oncle per poder deliberar i es van xiuxiuejar alguna cosa a cau d'orella.

—És negociable —va dir Martí Pasqual.

—Què contestes? —va preguntar Pasqual Martí.

—Ho estic rumiant —va dir el Guillem.

—No tenim massa temps —el va advertir Martí Pasqual.

L'oncle Toni continuava mirant-s'ho tot sense badar boca.

—Que heu parlat amb ma mare? —va preguntar el Guillem.

—Sí. Hi està d'acord —va dir Pasqual Martí.

—El cap ens ha donat aquest sobre per a tu. Ens ha dit que a dins hi ha dos bons arguments per a acceptar la faena —va dir Martí Pasqual.

El Guillem va obrir el sobre. No s'ho podia creure!, dues entrades per al concert d'Els Pets!»

—Eh, Guillem!, que t'has quedat penjat de la pantalla! —va dir l'oncle Toni

—Com...? —va preguntar el Guillem, que no s'havia assabentat del que li havia dit l'oncle, de tan absort com estava en aquell nou joc d'espies.

—Que a què és deguda la teua visita.

—Necessite pela, oncle —li va dir el Guillem directament.

—M'has dit «oncle» i no «Toni». Això significa que es tracta d'alguna cosa molt seriosa. Quanta pela?

El Guillem va fer càlculs ràpidament. L'entrada valia quinze euros, però si la comprava anticipada només li'n costava den. De manera que li'n demanaria vint i li'n quedarien deu per a poder convidar la Laia.

—Vint euros —va contestar el Guillem.

—I et puc preguntar per a què els vols, aquests diners?

—És un secret...

—No crec que siga un secret molt ben guardat. M'ha vingut a orelles que dissabte a la nit hi haurà un concert d'Els Pets i, casualitats de la vida, el que em demanes és la quantitat exacta del que valen dues entrades ó une i maqueta per a convidar una amiga.

El Guillem va quedar bocabadat.

—No faces aquesta cara de sorprès —va continuar l'oncle Toni—. Jo també visc en aquesta ciutat i a vegades isc de la botiga i m'assabente del que passa a l'exterior.

—Aleshores, em deixes els diners?

—No puc.

—Per què?

—Perquè ta mare em mataria —va contestar l'oncle Toni de broma.

—Ja saps això de les notes... —va dir el Guillem tot desil·lusionat.

—Doncs sí. Aquesta vesprada mateix he parlat amb ta mare. I també sé que no pots eixir els caps de setmana. De manera que no vull que m'expliques per a què vols els diners de l'entrada del concert d'Els Pets. Ho sent molt, però aquesta vegada no et puc ajudar. Ho entens, veritat? —va dir l'oncle Toni en to paternalista.

És clar que ho entenia, però no ho comprenia. Les seues esperances d'anar al concert s'havien esfumat.

—Toni, per favor, no digues a la mare que t'he demanat els diners —li va dir el Guillem quasi suplicant.

—No patesques, home, sé guardar un secret —li va dir l'oncle Toni.

—No saps com t'ho agraesc —va respondre el Guillem més tranquil.

—Mira, nebot, ja que has vingut no te n'aniràs amb les mans buides. T'ha agradat el joc nou?

—I tant!, és ben divertit.

—Doncs endús-te'l.

—Gràcies, Toni —va dir el Guillem, que va pensar que valia més això que no res.

—Ja me les pots donar, encara no ha eixit a la venda. Potser ets l'únic que té aquest joc en tota la ciutat. Ara no el deixes piratejar als teus amics. Que vinguen a la botiga i que me'l compren..., quan estiga a la venda, és clar! —va dir l'oncle Toni somrient.

—Tu saps que jo no faig aquestes coses!

—Vinga, que et porte a casa!

Al Guillem li agradava molt anar amb el cotxe del seu oncle. Era un esportiu roig, amb la tapisseria de cuir.

—Tu sí que vius bé! —va exclamar el Guillem mentre es cordava el cinturó de seguretat.

—Ho dius pel cotxe?

—Home, per què, si no?

—No és or tot el que llu, Guillem. Aquest cotxe no és meu, el vaig comprar a terminis. Quan acabaré de pagar l'últim, ja serà una ferralla vella.

—I la botiga? No em diràs que no en traus bons dinerets, avui era plena de gent.

—Tu no saps de la missa la meitat. Qui s'endú la part del lleó és l'amo. Jo només cobre una porció molt menuda dels diners.

—Però no em negaràs que treballes en el que t'agrada i que, a més a més, estàs a l'última en tot el que ix a la venda d'ordinadors.

—Sí, estic a l'última en coneixements. Però no et penses que em passe tot el dia jugant amb l'ordinador. Si jo et diguera el temps que fa que no toque un joc... Ara quan connecte un ordinador és per a passar comptabilitat. Aquesta nit ja veurem a l'hora que em gite, tinc una pila de papers per revisar —es va queixar l'oncle.

Però les explicacions de l'oncle Toni no van convèncer el Guillem. Continuava pensant que vivia com un rei.

❖

Aquella nit, el Guillem no va voler sopar, es trobava massa abatut. També és veritat que s'havia atipat com un lladre a cals iaios.

«Munta-t'ho, home!» Les paraules del Carles li tornaven a la ment una vegada i una altra. «Com si fóra tan fàcil!», va pensar. Havia esgotat tots els seus recursos i no havia aconseguit un clau.

I ara què faria? Sense els diners, com aniria al concert? A més a més, tampoc tenia gens clar que els pares el deixaren passar el cap de setmana a ca l'Enric.

«Si haguera estudiat una miqueta més!», es va dir en veu alta. Ell mateix es va sorprendre d'aquestes paraules. Ara se'n recordava, d'aquell cap de setmana que hi havia futbol. Dilluns següent tenia l'examen de Llengua, però va preferir quedar amb els amics per veure el partit, i així li va anar: Llengua 0-Guillem 3.

Ara ja no era hora de lamentacions. Si volia anar al concert, ja calia que hi abocara tot el cabàs i que no estalviara esforços.

Es va posar a estudiar. Ja no li valien més excuses. Va agafar el llibre de Literatura i després la novel·la *Tirant lo Blanc*. No es veia capaç d'aprendre-ho tot per a divendres.

Dimecres,
tres dies abans del concert

Faltaven tres dies per al concert. El Guillem era a ca l'Enric instal·lant-li el nou joc d'ordinador que li havia regalat l'oncle Toni. Sabia que a aquest no li importaria; però, per si de cas, tampoc tenia per què saber-ho.

—I tu dius que tinc sort? —li va preguntar l'Enric—. La meva germana i jo compartem l'ordinador i està en aquesta habitació. Només hi puc entrar quan ella no hi és. Si fins i tot té l'enciclopèdia... —va dir tot enfadat.

—I tu, per a què la vols, l'enciclopèdia? —li va preguntar el Guillem.

—Com que per a què vull l'enciclopèdia? —va replicar sorprès l'Enric.

—A ma casa està al menjador, que és on decora més —va dir el Guillem.

—Però tu no la fas servir? —li va preguntar l'Enric, que no s'ho podia creure.

—No, jo utilitze la viquipèdia —va dir el Guillem.

—Jo sí que la utilitze, i molt. A les enciclopèdies hi ha coses ben interessants. Per exemple, l'altre dia vaig buscar a veure què deia de Cer-vantes, per a l'examen de castellà, i segur que no imagines el que vaig trobar —va dir l'Enric, entusiasmat.

—Doncs no —va dir el Guillem, sense que l'assumpte li despertara massa interès.

—Te'n recordes a classe de la Beatriu, la professora de castellà, tot allò que ens va contar que Cervantes va perdre la mà a la batalla de Lepant? Mentida! —va exclamar, mentre buscava el llibre per mostrar-lo al Guillem. Aquestes coses eren les que a l'Enric li feien bullir la sang.

—Què dius, ara? —va preguntar el Guillem ja un poc més interessat.

—Mira el que diu ací: «El mes de setembre del 1569, es va publicar un manament judicial contra un Miguel de Cervantes, absent de Madrid, que acusaven d'haver ferit Antonio de Segura, fet pel qual el van condemnar a tallar-li la mà dreta i a deu anys de desterrament.» —va llegir l'Enric.

—Frena, Enric! —el va interrompre el Guillem—. Cervantes, segons ens va dir la Beatriu, tenia ferida la mà esquerra, per això podia continuar escrivint, i no la dreta, tal com diu ací — va agafar el llibre i va continuar llegint— «Cervantes participà en la batalla de Lepant, en la qual el van ferir. La mà esquerra li quedà anquilo-

sada.» Ho veus, xaval? Tal com diu mon pare, una notícia a mitges pot ser manipulada.

—Bé, un erro... Però mira també el que diu: «Es pot assegurar que Cervantes no tenia estudis universitaris.» —va sentenciar l'Enric, a qui no feia cap gràcia reconèixer que s'havia equivocat.

—Ja veus, i va escriure el *Quixot*. Perquè després em diga la mare que sense una carrera universitària no seré res a la vida. A veure que diu del Joan Martorell —al Guillem ja li havia picat la curiositat.

Els dos xicots van llegir amb molt d'interès la ressenya. Volien descobrir alguna cosa secreta de l'escriptor.

—«...es va enemistar amb un altre cavaller, el poeta Ausiàs Marc, que era el marit de la seua germana, i va desafiar el seu cosí Joan de Montpalau...».

—Un busca-raons, això és el que era el Martorell! —va exclamar el Guillem tot convençut, que, des que havia suspès l'examen i després de la xarradeta amb el Ferran, no es podia dir que Martorell fóra sant de la seua devoció.

—De manera que era cunyat de l'Ausiàs Marc —va dir l'Enric.

—Sí, eren tots família. La màfia valenciana del segle XV, el que jo et diga. Saps?, l'altre dia vaig sentir dir a mon pare que el *Tirant* el podia haver escrit una tal Roig de Corella, que ja hi ha gent que ho està investigant —va dir el Guillem fent el sabut.

—Roís, Joan Roís de Corella! No m'estranya que no aproves —el va rectificar l'Enric, que no s'acabava de creure l'afirmació que havia fet l'amic.

—I per què el té Mireia, l'ordinador? —va canviar de tema el Guillem.

—Segons els meus pares, perquè ella és la major, que jo no el necessite per a estudiar i que quan tinga setze anys ja en parlarem —va dir l'Enric—. T'ho pots creure? Diuen que a mi no em fa falta l'ordinador. Quina bestiesa! Els pares no valoren res del que faig. En canvi, Mireia, per a ells ja és major. Ni que anara a la universitat!

—No et queixes. Jo tinc un ordinador i només el puc fer servir una hora. No tinc temps per a res! No sé què és pitjor —va dir el Guillem, mentre passava pantalles i feia servir el joystick com a metralleta. L'Enric, mentrestant, tafanejava les coses de la seua germana Mireia.

L'habitació de la Mireia era gran, segons el Guillem, ningú diria que era l'habitació d'una xica. Ell tenia una idea ben equivocada del que són les dones. Es pensava que tenien les habitacions de color de rosa, ben embafoses i plenes de floretes.

En canvi, la Mireia tenia pòsters per les parets de grups de rock coneguts, els mateixos que li agradaven a ell, i molts llibres tirats pertot arreu. Tenia l'armari molt ben endreçat, i l'únic signe de feblesa per al Guillem eren les nines i els ossets de drap damunt les prestatgeries.

—Què busques? —va preguntar el Guillem a l'Enric, que tenia el cap sota el llit de la germana.

—No ho sé..., el diari de Mireia o algun secret important —va contestar l'Enric.

—La teua germana escriu un diari? —va dir tot sorprès el Guillem.

—No en tinc ni idea, però he de trobar alguna cosa per a fer-li xantatge i obligar-la que em deixe l'ordinador a la meva habitació —va dir l'Enric, ara amb el cap ficat dins l'armari.

—Enric, tinc un problema. No sé d'on podré traure els diners per a anar al concert. Tu me la podries deixar? —li va preguntar el Guillem quasi suplicant.

—Ho sent, no et puc deixar diners, vaig fluix d'armilla. Em sap molt greu, però no tinc un clau. Si puc anar al concert és gràcies als meus pares, que em compren l'entrada perquè ho he aprovat tot —li va contestar l'Enric.

El Guillem es va sentir alleujat, no li agradava demanar diners als amics. Si ho havia fet era perquè ja no tenia cap altra eixida.

—Els teus pares posaran algun problema si em quede a dormir aquest cap de setmana?

—I ara! A més a més, no hi seran, se'n van a l'apartament de Cullera. Però ja ho tens clar, això d'enganyar els teus pares?

—Quina altra cosa puc fer? Vés a saber quan tornaran Els Pets a València! Ara el problema són els diners.

La Mireia va irrompre de sobte en la seua habitació.

—Què fas amb les meues coses, patufet? —va dir tota enfadada al seu germà.

La Mireia era una xicona molt atractiva de setze anys. Ella i el germà es tenien una retirada, però al contrari que a l'Enric, els cabells rojos i arrissats a ella l'afavorien molt. Els portava llargs i arreplegats amb una trena. Els dos germans es duien mata'm que em mataràs. El Guillem no entenia per què no es podien oldre. A ell li haguera agradat tenir un germà. Ara bé, la Mireia era una xica, i això ja eren figues d'un altre paner, no tenia res a veure amb el que ell pensava. A ell el que en realitat li hauria agradat era tenir un germà menut, un deixeble a qui ensenyar tot el que sabia, un germà que li seguira els passos, un germà que baixara el fem i que es menjara la verdura del seu plat, que li arranjarà l'habitació i que fera tot el que li manara. L'Enric i la Mireia continuaven discutint i el Guillem va intentar posar ordre.

—No t'enfades, Mireia, jugàvem amb l'ordinador. Us he portat un joc nou que està molt bé —va tercejar.

—Us he sentit parlar del concert d'Els Pets —va dir amb cara maliciosa la Mireia—. Que hi anireu tots els nanets amb la Blancaneu?

—Ens estaves escoltant darrere la porta... —va saltar l'Enric.

—I què? —va replicar Mireia amb tota la barra—. Ara ja sé el que voleu fer, i no crec que als nostres pares els faça gens de gràcia que el Guillem es quede a dormir ací per a anar al concert sense el permís dels seus pares.

—Per favor, Mireia, no em delates —li va suplicar el Guillem.

—Si calle, que em donareu en canvi? —va dir ella.

—Què vols? —li va preguntar el Guillem, disposat a tot.

—Una entrada per al concert d'Els Pets —va respondre la Mireia.

El Guillem va esclatar a riure quasi desesperadament.

—Que no has sentit que no tinc diners ni per a la meua entrada? Com vols que pague també la teua? —va dir el Guillem tot enfadat.

—Treballant, és clar —va dir la Mireia.

—Que ets boja? Només tenim catorze anys, qui vols que ens contracte? —va dir el Guillem.

—I, a més a més, com n'hi ha tanta, de faena!... —va ironitzar l'Enric.

—Jo sé com —va dir la Mireia fent la interessant.

El Guillem va fer uns ulls com unes taronges.

—Com? —va preguntar—. No deu ser res d'il·legal!

—És clar que no, beneits —va contestar ella—. Es tracta de repartir propaganda. Jo tinc un amic que trau una pasta amb això. Si voleu us el presente.

El Guillem ja estava content. Tenia el problema solucionat. L'Enric li havia dit que l'ajudaria i era un bon amic que mai l'havia deixat a l'estacada. Li feien falta trenta euros, vint per a ell; deu per a l'entrada de la Mireia.

—Ens el podries presentar aquesta mateixa vesprada? Pensa que només falten tres dies per al concert —va advertir el Guillem a la Mireia.

—Es clar, no patiu. Aquesta vesprada, després de classe. Quedem a les sis —va dir la Mireia—. I, ara, eixiu de la meua habitació, pucetes!

L'Enric no sabia què pensar de la seua germana. En el fons, molt en el fons, semblava que el xantatge era una excusa per a ajudar el seu amic, encara que la Mireia no ho reconeixeria mai.

El Guillem se'n va anar a dinar a sa casa i pel camí es va adonar que s'havia descuidat les claus a l'habitació de la Mireia.

Va tornar a ca l'Enric. Ell no hi era i li va obrir la Mireia. Duia posat un barnús rosa i portava els cabells tots mullats. El Guillem no l'havia vista mai així. Estava preciosa sense maquillatge, tan natural que semblava un àngel. Va quedar bocabadat.

—El patufet no hi és, no crec que tarde —li va dir la Mireia abans que ell poguera obrir la boca.

—No, si no busque l'Enric. És que m'he deixat les claus de casa a la teua habitació —li va dir el Guillem, que no podia traure-li els ulls del damunt.

—Passa —li va dir la Mireia mentre l'acompanyava.

Ella es va asseure damunt el llit mentre ell buscava les claus.

—De veritat que per a tu és tan important anar a aquest concert? —li va preguntar la Mireia.

—Sí —va dir concisament el Guillem.

—És per la Laia? —va continuar l'interrogatori la Mireia.

—I tu, com ho saps, això de la Laia? —va dir el Guillem posant cara de pomes agres.

—No t'enfades, home, aquestes parets són de paper i se sent tot —li va dir la Mireia fent la innocent.

—Ja he trobat les claus, me'n vaig —va dir el Guillem, que tenia moltes ganes de pirar d'allí, en sentir-se descobert, però que encara li feia més por que descobrira com la trobava de bonica vestida d'aquella manera.

—No volia fotre't, de veritat, Guillem. Sempre he pensat que ets més intel·ligent que el meu germà i no puc comprendre com te la jugues així només per anar a un concert —va intentar disculpar-se la Mireia.

—Si vols que et diga la veritat, jo tampoc ho sé. És com una necessitat imperiosa. El fet de tenir-ho tot en contra i d'haver de saltar-me totes les regles encara ho fa més morbós —li va dir sincerament el Guillem.

—No sé si t'entenc —li va dir la Mireia— Però, en tot cas, que tingues molta sort.

—Dona, no és que tu m'ho hages posat massa fàcil —li va dir el Guillem, referint-se al xantatge que els havia fet.

—Tu no saps de què va perquè no tens germans. Jo he de mantenir una imatge davant l'Enric. Sóc la major... —va dir la Mireia per justificar-se.

—Sí, però ja podia ser només de boca, no? —va dir el Guillem en un últim intent perquè retirara el xantatge.

—No sóc dolenta, és que m'han dibuixat així —li va dir la Mireia mentre se li acostava i li feia un bes molt dolç a la galta.

Al Guillem van començar a enrojolar-se-li les orelles. En un instant se li va posar la cara com una tomaca, i va eixir disparat. Quan va agafar la bicicleta semblava que li hagueren posat un coet al cul, pedalejava com un boig. «Tingues serenitat, no et begues l'enteniment, reflexiona», es deia a ell mateix, que no se sabia avenir del que li havia passat.

Va decidir no contar-ho a l'Enric. No sabia com podia reaccionar si s'assabentava que la seua germana estava enamorada d'ell. Mai diria a ningú res del que havia passat a l'habitació de la Mireia.

❖

Eren les sis de la vesprada i la Mireia no apareixia. El Guillem estava molt nerviós.

—Vindrà, no patesques. La meua germana si diu que ve, ve. El que no et puc dir és a quina hora —l'Enric intentava tranquil·litzar-lo.

A les sis i mitja va aparèixer la Mireia dalt d'una moto amb el seu amic, un xicot alt que semblava molt major, uns divuit o dinou anys. Duia els cabells llargs i anava vestit pengim-penjam, amb uns texans esgarrats, una caçadora descolorida i una samarreta que semblava bruta.

Els xicots es van impressionar. «Ma mare no em deixaria mai anar així», va pensar el Guillem. «Ja m'hauria tirat tota aquesta roba al fem. Deu estar bé això d'anar vestit com a un li done la gana.», va concloure.

L'Enric va fer uns ulls com unes taronges. «Mare meua! No deu ser aquest, el xicot de la Mireia!», va pensar. No s'ho podia creure. De sobte se li va il·luminar el rostre. És clar!, ja tenia el secret de la seua germana. Si els pares s'assabentaven que anava amb gent com aquesta, de segur que la mataven, i el que era millor: una vegada morta, l'ordinador passaria a la seua habitació.

—Francesc, et presente el Guillem, i aquest és l'Enric, el meu germà —va dir la Mireia.

—Hola! —van contestar els dos xicots alhora.

—De manera que vosaltres sou els qui voleu treballar? —va preguntar el Francesc.

Tots dos van assentir amb el cap.

—Ací teniu l'adreça d'una agència que es dedica al repartiment de propaganda —va dir el Francesc mentre els allargava un tros de paper—. De primer, cap dels dos amics es va atrevir a agafar-lo, però el Guillem, que era el més decidit, se'l va ficar a la butxaca—. Aneu-hi i demaneu per Conxa, digueu-li que veniu de part meua. Ah!, si us pregunta l'edat, contesteu-li que teniu setze anys, i no us preocupeu que no us demanaran cap paper.

—Gràcies, Francesc, moltes gràcies —repetia el Guillem sense parar. Sentia com si aquell xicot li haguera salvat la vida.

—De res, home, a tots ens han fet falta diners alguna vegada —va ell dir somrient—. Encara que aquest treball no estiga molt ben pagat, us ajudarà a eixir del pas.

L'Enric ja se'l mirava amb altres ulls. Potser es guardaria la informació per a una altra volta, o tal vegada buscaria un altre secret en la seua germana.

—Adéu, patufets, nosaltres ens n'anem

—va dir la Mireia, tan agradable com sempre—. Ah!, i no oblideu el tracte.

—Tranquil·la —va dir el Guillem.

Mireia va pujar a la moto, es va penjar del coll del Francesc i de seguida van desaparèixer.

—M'ajudaràs, eh? —va preguntar el Guillem a l'Enric tot nerviós.

—És clar que sí!

El favor que li havia demanat era molt gran, perquè cap dels dos no havia fet mai campana. Però l'Enric sabia que l'amic estava desesperat i no el podia deixar a l'estacada. En realitat, el que més el preocupava era com faria per explicar als seus pares que aquell dijous no havia anat a classe.

L'Enric era un bon amic, faria qualsevol cosa pel Guillem. Es coneixien des de xicotets, havien fet tota la primària junts i des d'aleshores no s'havien separat. Tot i que era esprimatxat i d'aspecte feble, era un xicot molt fort i tenia molta espenta. A classe tots l'apreciaven, perquè sempre treia temps per a ajudar qualsevol company. Era molt intel·ligent i tenia una facilitat prodigiosa per a aprendre, tot ho sabia com el parenostre. Però, tot i així, estudiava molt. Se li havia ficat al cap que volia ser cardiòleg. Per al Guillem això era una excentricitat. Si haguera volgut ser astronauta, agent secret, periodista o qualsevol altra professió seriosa, ell ho hauria entès. Però, quina persona amb bon seny voldria ser cardiòleg? Per a l'Enric era una cosa molt transcendent. Pensava que el cor era com el motor dels humans i ell es dedicaria a apanyar els motors de la gent com si d'un mecànic es tractara. Salvaria la humanitat, i quan fóra vellet li donarien el premi Nobel de Medicina.

El Guillem no entenia aquesta mania de l'Enric. A més a més, es passaria tota la vida estudiant i, això, a ell li semblava que era el pitjor que a una persona li podia passar.

—No et preocupes, Enric —li va dir el Guillem—. Les faltes d'assistència apareixeran en el butlletí del trimestre que ve, quan ja haurà passat el concert, i de segur que els podrem col·locar qualsevol història.

La resposta del Guillem, per inesperada, va deixar amb un pam de boca l'Enric, que es va sorprendre de les paraules del seu amic. Un xicot que no mentia mai s'havia convertit en el rei de les mentides.

Dijous, dos dies abans del concert

L'agència era situada al carrer d'Ovidi Montllor, en una finca molt vella que no tenia ascensor.

Els dos xicots estaven molt nerviosos.

—Parla tu, Guillem —li va dir l'Enric mentre pujaven les escales.

L'oficina era al cinquè pis, però semblava un setè de tants escalons com hi havia. Des del primer, ja se sentia el soroll d'un telèfon. Van arribar dalt tirant el lleu. La porta era oberta. El Guillem la va travessar decidit, però va haver de tornar-se'n i espentar l'Enric perquè entrara.

A dins hi havia una dona de cara a l'ordinador. Era molt grossa i devia passar dels quaranta anys. Tenia la cara riallera i els ulls molt blaus. Duia els cabells curts i molt rulls.

—Hola, què volíeu? —va preguntar sense apartar la vista de la pantalla.

—Que hi és la Conxa? —va preguntar el

Guillem, intentant fer el to de la veu tan greu com li era possible.

—Sí, sóc jo —va respondre la dona.

—Venim de part del Francesc. Busquem faena —quan va acabar la frase, el Guillem va respirar profundament.

—Com està el bo del Francesc? Fa temps que no es passa per ací —va dir la Conxa.

El Guillem i l'Enric van empassar-se la saliva.

—Molt bé, li envia records —va contestar el Guillem.

L'Enric es mirava l'amic. No el podia reconèixer.

—Ara no hi ha massa faena. Aniré a veure si queda alguna cosa —la Conxa va alçar el seu cos enorme de la cadira i va desaparèixer per una de les dues portes que hi havia en aquella habitació.

El Guillem va donar una ullada a l'oficina. Era bruta i molt vella, la taula de la Conxa era molt menuda i l'ordinador un model antic, l'ocupava quasi tota.

Tres arxivadors de color gris tapaven les quatre parets. Entrava molt poca claror per la finestra i els dos tubs fluorescents feien llumenetes, ara l'un, ara l'altre. Tot tenia un aspecte molt tètric.

La Gonxa va aparèixer per una porta diferent d'aquella per on se n'havia anat.

—Només tinc açò, dos repartiments, l'un al barri de Benalcadí i l'altre al poble d'Alaquàs —va dir la Conxa.

—Molt bé, els agafem els dos —va dir el Guillem. L'Enric no deia res, sols mirava.

—Sí que esteu desesperats! —va exclamar la Conxa—. Paguem a cèntim el full, i pel desplaçament a Alaquàs, céntim i mig. Teniu dos mil fulls per a Alaquàs i mil per a Benalcadí; els voleu tots?

—Sí, tots —va afirmar amb un to molt seriós el Guillem, que ja havia fet el càlcul ràpidament. En total traurien quaranta euros, una mica més del que necessitaven.

L'Enric, per contra, feia altres càlculs: tres mil fulls de propaganda, com els anaven a repartir? El seu amic s'havia tornat boig.

—Ja sabeu com funciona açò? —va preguntar la Conxa.

—Sí, és clar. Però, com que cada agència té el seu sistema, si vols ens expliques el teu —va respondre el Guillem amb aplom.

La Conxa va somriure. Sabia que no havien fet mai un sol repartiment. També sospitava que no tenien setze anys, però preferia no preguntar res. No hi havia molta gent disposada a anar al barri de Benalcadí.

—Ací teniu un plànol d'Alaquàs i un altre del barri de Benalcadí. Us assenyale la ruta que heu de seguir i us recorde que, tal com ja sabeu —va dir amb sorna la Conxa—, tot açò està molt controlat; per tant, comprovarem si heu fet el repartiment.

—El barri de Benalcadí?... No em sona, per on para? —va preguntar el Guillem.

—La gent el coneix amb el nom de barri de les Clavegueres. Saps on és? —li va dir la Conxa.

—Trobe que sí—va respondre el Guillem.

—Sí, home, és un barri ben conegut —va dir la Conxa.

I tant que era conegut. Era un barri als afores de la ciutat, on s'havien construït, ara feia deu anys, pisos per a persones de renda baixa, allò que comunament s'anomenen habitatges socials. Però va resultar ser una estafa. No tenien zones verdes ni xarxa de clavegueram. Els veïns van estar manifestant-se durant molts anys perquè els en posaren, però no els van fer cas. Per això, a aquest barri li deien popularment el barri de les Clavegueres.

La Conxa va tornar a desaparèixer per la mateixa porta per on ho havia fet abans. Al cap de poc va tornar carregada de paquets.

—Bé, que tingueu molta sort i que us siga lleu —els va dir la Conxa.

El Guillem i l'Enric van quedar bocabadats. Havien de repartir tres paquets, ben grossos, que pesaven un matrimoni fals.

—Adéu Conxa —va dir. el Guillem.

—Adéu, —va dir tímidament l'Enric, que no havia obert la boca durant tota l'entrevista.

—Adéu, xicots. Ah!, feu un bes ben fort de part meua al Francesc —va dir la Conxa.

—Li'l farem —va contestar el Guillem des de la porta.

—Li'l farem? —li va preguntar l'Enric tot rient.

—Què vols, estic nerviós, me'n vaig del cap... —va respondre el Guillem.

La Conxa va somriure.

Van baixar les escales tots carregats i en eixir del pati l'Enric va preguntar al Guillem.

—I ara què? Tu saps on és Alaquàs?

—Home, a l'Horta Sud. L'autobús para prop del Mercat Central —va contestar el Guillem.

—Ah!, molt bé, l'autobús... I tu saps què val aquest autobús? Amb la targeta de l'EMT de segur que no es pot pagar. Per tant, d'on vols traure els diners? —va replicar tot enfadat l'Enric.

—No patesques, tinc els diners del meu dinar —va dir el Guillem—. Mira que estàs negatiu, Enric...—va afegir.

L'eufòria del Guillem contrastava amb el rostre enfurismat de l'Enric. Però el que a l'Enric li passava en realitat era que estava espantat. Havia mentit als pares i ara eixia de la ciutat sense dir-los-en res. A més, no sabia com podria acabar aquella història. En canvi, el Guillem estava molt content. Per fi aconseguiria els diners per al concert.

Van anar caminant fins a la parada de l'autobús. Hi havia una cosa que no havien tingut en compte. L'autobús no era de línia normal i per tant no passava cada cinc o deu minuts, sinó que tenia un horari i tot just n'acabava de passar un. El Guillem va començar a posar-se nerviós. Volia acabar al matí el repartiment d'Alaquàs i a la vesprada el de Benalcadí. Si l'autobús no passava prompte, tots els seus plans se n'anirien en orris.

❖

Tots dos amics estaven asseguts a la parada ben carregats de paquets. Ara miraven cap a un costat, ara cap a l'altre. El rellotge continuava marcant els segons, els minuts i els quarts. I per fi un gran monstre groc amb forma d'autobús va aparèixer.

—Aquest autobús va a Alaquàs? —va preguntar el Guillem al conductor.

—Sí —va contestar escaridament aquest sense mirar-lo.

—Va, puja! —va ordenar el Guillem a l'Enric.

Van seure darrere per poder anar més còmodes amb tota aquella càrrega. El conductor els havia dit que quan arribaren a Alaquàs ja els avisaria. El trajecte els va resultar molt llarg. L'autobús feia un muntó de parades.

Per fi arribaren al poble. Ara havien de buscar el carrer per on havien de començar. Els xicots miraren el plànol o, més ben dit, la fotocòpia del plànol.

—Però si les lletres quasi no es lligen! —va exclamar el Guillem.

—Val més que preguntem —va proposar l'Enric.

Després de preguntar a set o vuit persones, semblava que hi havia algú que coneixia el carrer.

—Ara tombeu per l'església i a l'esquerra hi ha una plaça, gireu a mà dreta i el que fa quatre carrers després del solar —els va dir una senyora major molt amable, que també els va contar que allí vivia la filla del cosí d'una amiga seua, a qui es va morir l'home i la pobreta va quedar vídua als trenta anys.

—És un poc lluny, per a la càrrega que porteu —va advertir la dona als dos xicots.

—No es preocupe, senyora, som forts —li va contestar el Guillem.

Per fi van trobar el maleït carrer, al qual van arribar tirant el lleu per la boca.

—Jo ja estic cansat i això que encara no hem començat —es va queixar l'Enric.

—Romanços! Anem als nombres parells —va dir el Guillem, que ja estava mans a la faena.

Van trucar al primer timbre perquè els

obriren la porta del pati, però no els va respondre ningú. Van trucar al segon, i tampoc. Per fi, en el tercer timbre els va contestar algú.

—Qui hi ha?

—Propaganda —va respondre el Guillem tot orgullós.

No hi va haver cap resposta. Van esperar una estona i ningú els va obrir la porta. El Guillem s'estava impacientant. Van trucar al quart timbre.

—Qui hi ha? —va preguntar una veu de dona.

—Propaganda —va tornar a insistir el Guillem.

—Propaganda de què? —va preguntar la veu.

Ara sí que els havia deixat en blanc. Encara no havien desembolicat els paquets i no sabien de què era la publicitat.

L'Enric va obrir un paquet ràpidament.

—D'un nou *sex-shop* —va respondre de seguida.

Però era massa tard, ja no l'escoltava ningú. Els dos amics es van mirar i van esclatar a riure.

Van cridar a l'únic timbre que els quedava. Era la seua última oportunitat.

—Qui hi ha? —sempre la mateixa pregunta.

—Jo —va respondre el Guillem tot convençut.

I màgicament, com a la cova d'Alí Babá, la porta es va obrir.

Aquell primer èxit els va fer agafar ales i es van llançar de ple a la seua tasca. Però la resta no va ser fàcil. Carrers que havien canviat de nom, numeracions que no coincidien i, per acabar-ho d'adobar, d'un portal va eixir un gos de molt mal aspecte i van haver de valer-se de les cames.

A les tres de la vesprada, el Guillem i l'Enric ja havien acabat a Alaquàs.

—Ara tenim un problema —va dir el Guillem.

—Quin problema? —va preguntar l'Enric.

—M'he gastat els diners del dinar amb l'autobús i ara em muir de gana —li va respondre el Guillem rascant-se la panxa.

L'Enric va somriure, va fer un redoble de tambor amb les mans i de la motxilla, com un màgic trau del barret un conill, ell en va traure dos entrepans.

—Ma mare és molt previsora —va dir l'Enric.

—Visca la mare que et va parir! —va exclamar el Guillem.

—Si et poses folklòric, no et convide a un refresc. Encara em queden uns pocs diners —el va advertir l'Enric.

Es van asseure al costat de l'església. Estaven tan afamats que van clavar les dents als entrepans ben de pressa.

L'Enric va alçar la vista i va exclamar.

—Ostres! Guaita, un castell!

Tots dos amics en van quedar meravellats. Van deixar córrer la imaginació i els seus somnis van coincidir.

«A fora s'oïa el soroll d'armadures i de cavalls a tota brida. Eren els estrenus guerrers que tornaven del camp de batalla. A dins del castell tot estava preparat per a rebre'ls. Les donzelles s'havien posat els seus millors vestits, guarnits d'or i de pedres precioses.

Havien preparat un gran àpat amb deliciosos brous fets amb les millors gallines, amanides amb tota classe de verdures; arrossos guisats de totes les formes: al forn, amb fesols i naps, paelles; guatles fetes a la brasa, perdius farcides de panses, cent moltons rostits, figatells, coques de dacsa, milers d'ous fregits amb llonganisses, botifarres i creïlles fregides; exquisides postres, cireres dolces com l'arrop, pastissos de teta de monja i cremes d'ou que hi cantaven els àngels.

Com a colofó, era previst un gran ball, harmonitzat per la música més divina que qualsevol mortal hagués sentit mai.

Sonaren les trompetes que anunciaven els cavallers. En Guillem i n'Enric entraren al castell acompanyats dels seus escuders. Estaven baldats però contents de tornar a casa, disposats a celebrar la victòria. Es llavaren i guariren les ferides que amb tant d'orgull mostraven als seus companys de batalles.

Els convidats es comptaven per centenars. Tots volien escoltar les cançons dels joglars que amb la seua veu melodiosa narraven les fantàstiques composicions que havien fet els trobadors sobre les cruentes batalles que amb tanta elegància havien guanyat els seus herois en Guillem i n'Enric.»

—Aquells pocavergonyes han sigut! —va cridar una dona.

El Guillem i l'Enric van despertar del seu somni.

—Què passa? —va preguntar l'Enric.

—No ho sé —va respondre el Guillem—. Però val més que pirem d'ací.

—Sou vosaltres els que esteu repartint-la, aquesta propaganda? —els va preguntar un home.

—No —va mentir el Guillem abans que l'Enric diguera res.

—Com que no? Us he vist! —va dir la dona tota enfadada.

—Digueu al vostre amo que no volem cap discoteca d'aquestes modernes ací, al poble -—va dir l'home alçant la veu.

—De què ens parla? —va preguntar el Guillem, que no entenia a què treia cap tanta cridòria.

—Sí, la discoteca nova, Sex-Shop. Encara que tinga el nom en anglès, no us penseu que sóc fava... —va dir la dona mostrant-los la publicitat.

—Estan equivocats. Un *sex-shop* no és... —l'Enric va intentar traure'ls del seu error, però el Guillem no el va deixar acabar la frase.

—El que els vol dir el meu amic és que aquesta discoteca no l'obriran a Alaquàs sinó a València. Que no han vist l'adreça? —va dir el Guillem mentre agafava les motxilles.

Aquella singular parella es va quedar mirant la publicitat.

—Sí, és veritat... —va afirmar la dona.

—Si ens disculpen, tenim una miqueta de pressa, hem d'agafar l'autobús —va dir el Guillem.

I abans que se'n pogueren adonar, el Guillem i l'Enric ja havien desaparegut cames ajudeu-me.

Mentre corrien pels carrers d'Alaquàs, tots dos xicots no podien parar de riure. Per fi es van assossegar.

—Quina gent més estranya —va dir l'Enric.

—Més boja, diria jo —el va rectificar el Guillem.

—I ara què? —va preguntar l'Enric.

—Ara tornarem a València —va respondre el Guillem.

—Tu creus que aquesta vesprada acabarem el repartiment al barri de Benalcadí? —va preguntar l'Enric tot preocupat.

—No tenim altre remei, si demà no volem tornar a fer campana —va respondre el Guillem.

Primer de tot, el Guillem va passar per sa casa a agafar la bicicleta. No volia gastar-se més diners en autobusos.

Encara quedaven unes poques hores de sol i molta publicitat per repartir.

❖

El Guillem no volia deixar la bicicleta al barri de Benalcadí, de manera que va decidir lligar-la a un fanal d'un carrer pròxim. Després, va anar a la parada d'autobús on havia quedat amb l'Enric.

De seguida es van posar mans a l'obra. Al començament, van anar molt de pressa, a la ciutat la gent t'obria la porta així que els deies que reparties propaganda. Però a mesura que anaven endinsant-se en el barri, les finques s'anaven degradant i ja no era el mateix.

—Ací no tindrem problemes, tots els patis són oberts —va dir l'Enric.

—És clar, tots els timbres són trencats —va respondre el Guillem.

—Em sembla que no és l'única cosa que hi ha trencada, mira, no hi ha bústies! —va exclamar l'Enric.

—No patesques, Enric, agafa uns quants fulls i deixa'ls a terra—va dir el Guillem.

—Però la dona de l'agència ens ha dit que ho comprovaria —va advertir l'Enric, neguitós.

—Comprovar què? Tu has vist com està aquest barri? Deixa-ho ací i continuem —li va manar el Guillem, que volia acabar la faena ben de pressa.

Al Guillem li va venir a la memòria el barri on vivia. Els carrers eren amples i alguns fins i tot només per a vianants. Les finques eren noves i a l'interior hi havia jardins amb flors i arbres, dels quals tenia cura un exèrcit de jardiners. Era un barri segur, no es podia dir que mai hi haguera passat res d'important. També és cert que hi havia moltes finques que tenien un vigilant a la porta, i t'havies d'identificar abans d'entrar-hi.

El Guillem mai havia donat massa importància a aquestes mesures de seguretat. Les coneixia des que va nàixer i li semblaven una cosa normal.

També hi havia parcs públics, molt ben cuidats, plens de xiquets i xiquetes jugant en els engronsadors. I als bancs seien els pares i les mares que vigilaven atentament els fills.

Ell, que vivia en un lloc tan segur, on tenia videoporter, ara es trobava en un barri en què quasi tots els patis eren oberts i les portes trencades. Quina ironia!

A les zones verdes ja no hi havia gespa, només terra i clots. Els xiquets i les xiquetes jugaven amb trossos de ferralla que abans havien sigut engronsadors. Uns taulons de fusta partits eren les restes del que quedava dels bancs.

Però aquest barri no era tal com el veia el Guillem. Hi vivia gent, i fins i tot molts eren feliços. Si s'haguera fixat un poc, hauria vist que a les finestres hi havia mares que vigilaven els seus fills des de la cuina, i que els balcons eren plens de testos amb flors.

Aquell color gris que el Guillem tenia als ulls era tota una gamma de grisos, i dins de les cases es convertia en tots els colors de l'arc de Sant Martí.

Potser la taxa d'atur fóra més alta en aquell barri que en el seu, i la convivència entre diferents cultures no era gens fàcil. La droga, la plaga dels nostres dies, hi havia fet un gran forat; però això era una cosa de la qual encara no s'havia alliberat cap classe social.

I si s'haguera fixat una miqueta més, també hauria vist dones xarrant animosament a les cantonades, carregades amb la compra, i un estol de xiquets i xiquetes somrients amb les motxilles d'anar a escola.

Però el Guillem no sabia mirar d'aquesta manera, ningú l'hi havia ensenyat. Ell, que tant havia viatjat amb els seus pares, sols havia passat amb cotxe per aquell barri de la seua ciutat. El que de dolent hi havia trobat, només ho havia vist a les pel·lícules americanes. Però ara, en viu i en directe, tot prenia un caire diferent. Cap heroi vindria a salvar aquesta gent, ni aquesta gent demanaria que ningú els salvara. Encara que la vida no era flors i violes per a ells, se'n sabien sortir tots sols i no necessitaven que cap marrec els tinguera llàstima. De fet, tampoc era el pitjor barri de la ciutat.

L'Enric el va traure dels seus pensaments.

—Eh!, aquell no és el Carles?

—No ho crec, tu veus visions.

—Que sí, i tant que és ell!

El Guillem va fer uns ulls com unes taronges. Sí que era el Carles, que estava amb un grup de xicots. Els dos amics es van acostar cap a ell.

—Ei, Carles, què fas per ací? —va preguntar el Guillem.

—Home, l'Enric i el Guillem, quina sorpresa! —va dir el Carles—. Jo visc ací. I vosaltres, què hi feu?

El Carles vivia en aquell barri. Era l'última resposta que esperava sentir el Guillem.

—Nosaltres estem repartint propaganda —va dir l'Enric.

—Però, si vius ací, com és que véns a escola amb nosaltres? —va interrogar el Guillem al Carles.

—És una història molt llarga, ara us la contaré. Però abans us presentaré els meus amics del barri —va dir tot somrient el Carles.

El Guillem mai havia tingut amics que no anaren a escola amb ell. Els «amics del barri» que deia el Carles, per a ell no existien. Alguna vegada havia jugat amb algun xiquet de la finca, o al

parc quan era més menut, però mai es podria haver dit que això era una veritable amistat. El seu millor amic era l'Enric, i la resta dels seus amics també feien l'ESO amb ell.

Per fi, el Carles els va contar la seua història. No cal dir que no era tal com el Guillem la imaginava.

Els pares del Carles l'havien empadronat de menut a casa d'una tia seua perquè fera la primària i la secundària en un barri millor. Segons els seus pares, com millor era la zona millor era l'ensenyament. El Carles no hi estava gens d'acord. Els seus amics sabien tant com ell, o més, i mai havien eixit del barri.

Per això, els seus pares li havien comprat la moto, per no haver-lo de dur amb cotxe tots el dies, tal com havien fet fins que va complir els quinze anys.

—Ja veig que coneixeu la Conxa —va dir el Carles amb ironia.

—Que tu també has repartit propaganda? —li va preguntar el Guillem tot estranyat.

—D'on creus que trac els diners per a la gasolina? —va respondre el Carles.

Era ben cert que el Guillem tenia una idea ben equivocada del Carles.

—Nosaltres és la primera volta que ho fem. Ja estic cansat d'aquesta faena, es fa més llarga que un dia sense pa, els fulls no s'acaben mai. Ah!, i no et penses que comencem ara, aquest matí hem estat a Alaquàs —es va queixar l'Enric.

—Has dit que ho faries i, encara que no en tingues ganes, has d'aguantar el punt i fer-ho —li va respondre el Guillem.

—Què us pensàveu, que això era bufar i fer ampolles? Aquest treball no és gens còmode —els va advertir el Carles.

—Cal que ens donem aire; si no, aquesta faena no l'acabarem mai —va dir el Guillem.

—Bah!, no patiu. Si us afanyeu, podreu acabar abans de les set. Encara són les cinc —va respondre el Carles mentre mirava el rellotge.

—En dues hores vols que repartim mil fulls? —va dir tot sorprès l'Enric.

—Jo us ajudaré. Per a mi, aquesta faena és pa i nous. Ja estic acostumat a fer-la i, a més, aquest barri és molt fàcil —va dir el Carles.

El Guillem se'l va mirar atònit. La imatge que tenia del Carles s'havia esvaït. Li queia la cara de vergonya de totes les coses que havia pensat d'ell. Li hauria agradat demanar-li disculpes pels seus pensaments.

—Gràcies, Carles —va ser l'únic que li va eixir de la boca.

—A veure els plànols —va demanar el Carles—. Jo em conec tots aquests carrers. El que farem serà posar els paquets dalt la moto i així no anirem tan carregats.

Es veia que el Carles coneixia l'ofici. No

es parava a comptar els fulls, tal com feien l'Enric i el Guillem. Omplia les bústies amb una rapidesa que els va deixar bocabadats.

Van arribar en una illa en què tot eren finques grans amb jardins privats i porters. L'havien construïda feia ben poc i contrastava molt amb les altres finques del barri. El Carles va aturar la moto.

—Ací tindrem problemes —va dir tot nerviós.

—Ací?, si són les millors finques que hi ha! —va dir el Guillem, sorprès.

—I, a més a més, hi deu haver més de mil bústies —va exagerar l'Enric.

—En aquestes finques amb porter no ens deixaran entrar —va respondre el Carles.

—No?, i per què no? —va preguntar tot ignorant l'Enric.

—Perquè en aquestes finques de rics no deixen entrar ningú estrany a la finca i encara menys acostar-se a les bústies —va sentenciar el Carles.

El Guillem no deia res. Aquella finca s'assemblava molt a la seua i sabia molt bé de què parlava el Carles.

—L'única solució és donar la propaganda al porter i, si vol, que la deixe damunt el taulell —va dir el Carles.

—Això és impossible! Que no has vist de què és la propaganda? —va dir el Guillem.

El Carles encara no n'havia llegit el text. Hi va donar una ullada i va esclatar a riure.

—Quants fulls ens queden? —va preguntar el Carles tot decidit.

—Uns tres-cents —va contestar l'Enric.

—Ací hi ha deu patis. Fem deu feixos i deixem-los als portals —va dir el Carles.

—Però, això es pot fer? —va preguntar el Guillem ingènuament.

—I tant que es pot fer! Ho vols veure? —va dir el Carles mentre preparava els muntons.

Ho van fer així i van acabar la faena abans de les vuit. Anaven molt bé de temps per a tornar a casa a l'hora.

El Carles i el Guillem van acompanyar l'Enric a la parada de l'autobús. Després, el Guillem va indicar al Carles on havia deixat la bicicleta.

—Per què l'has deixada tan lluny? —es va estranyar el Carles.

—Per por que me la furtaren —va respondre el Guillem un poc avergonyit.

—I on para? —va tornar a preguntar el Carles.

—Per ací, lligada a un fanal. Mira, és aquest! —va exclamar el Guillem.

Però al fanal només quedava el cadenat. La bicicleta no hi era.

El Guillem va quedar de pedra. Era el que li faltava per al duro. Va perdre els estreps, estava que s'enfilava per les parets i va començar a donar puntades de peu al fanal. Li van agafar ganes de plorar, però els homes no ploren, i sobretot ell, que era un xic dur; ell no ploraria mai davant el Carles.

Quan va acabar de desfogar-se, es va asseure a terra esbufegant com un búfal i va ficar el cap entre les cames. Estava rendit.

El Carles se'l mirava i no deia res. Van estar així una bona estona.

—Què faig?, telefone a la policia? —va dir el Guillem, desfet.

—I què els diràs?, que t'han furtat la bicicleta? És molt difícil que ells la troben —va respondre el Carles, que havia tingut una idea millor.

—Doncs ja em diràs què faig! —va dir el Guillem tot abatut —. Me'n vaig a casa i ho conte tot als pares? Potser sí, potser això és el que deuria haver fet de bon començament.

—Va, no et poses així! Primer de tot intentarem recuperar-la nosaltres mateixos, i si no podem, ja pensarem en aquesta solució —va dir el Carles.

—Nosaltres? I com ho farem? —va preguntar el Guillem.

—Home, no et dic que siga fàcil, ni et promet res. Si haguera sigut al meu barri, seria molt més senzill, però ací, no ho sé... Abans que res, anirem a parlar amb el Pep, un bon amic meu —va respondre el Carles.

Els dos xicots van pujar a la moto i van anar a cal Pep.

❖

El Pep vivia a la mateixa escala que el Carles. Es coneixien de tota la vida.

Van trucar a la porta i els va obrir una dona major molt simpàtica. Era l'àvia del Pep, que havia viscut amb ells des de sempre i per al Carles era com si fóra àvia seua.

—Bona nit, iaia Maria, que hi és el Pep? —li va preguntar el Carles mentre li feia dos besos.

—Passeu, fills. És a la seua habitació, estudiant.

Van passar al menjador. El Guillem es mirava la casa, bastant menuda i plena de mobles. Al menjador, també xicotet, hi havia dues taules, l'una gran i llarga i l'altra baixeta i quadrada, un sofà, dues butaques i una engronsadora on seia l'àvia. Era tot ple de cadires al voltant de les taules. També hi havia una llibreria farcida de figuretes d'aquestes que donen de record en els casaments i els batejos, a més del televisor.

Les parets no es veien de tants quadres penjats de fotografies familiars, i pertot hi havia tapetets de ganxet que havia fet l'àvia.

Al menjador hi havia dues portes, l'una era la de la cuina, i l'altra, la de l'habitació del Pep, que compartia amb el seu germà Miquel. També tenia dues germanes més, la Roser i la Dolors. En total, en aquella casa de tres habitacions vivien set persones. L'àvia compartia el dormitori amb les dues germanes del Pep.

Per fi, el Guillem va veure el Pep. Era un xicot molt alt i prim, amb els cabells ben curts, quasi rapats, de la mateixa edat que ell. No sabia com podria ajudar-lo, aquell xicot.

—Hola Pep, què fas? —li va preguntar el Carles.

—Estudie. Dilluns tinc un examen d'Història. Aquesta assignatura és un os; no hi ha ningú que se la puga empassar —va respondre el Pep.

—Aquest és el Guillem, un company de classe —va dir el Carles.

El Pep i el Guillem es van donar la mà.

—Com va això?, que encara tens exàmens? A nosaltres ens van donar les notes dilluns passat; ara, que jo tinc una recuperació demà —va dir el Guillem.

—Aquest és l'últim —va respondre el Pep.

—Ací on el veus, el Pep és un cap gros, aprova tots els exàmens a la primera —va dir el Carles al Guillem.

—I què us porta per ací? —va preguntar el Pep.

—Al Guillem li han furtat la bicicleta —va respondre el Carles.

—Ací?, al barri? —es va interessar el Pep.

—No, al del costat —va respondre el Guillem.

—Ostres! això sí que és fotut... Si fóra en aquest barri, de segur que podria ajudar-te, però en un altre, no ho sé... —va dir el Pep.

—Bah!, no t'enrotlles, Pep, tu tens contactes en totes bandes. Ajuda'l, és un bon col·lega meu —va dir el Carles.

—Ja veuré el que hi puc fer. Però fins demà no us podré dir res —va dir el Pep.

—Anima't, Guillem, el Pep t'ajudarà —va dir el Carles.

—Sí home, no faces aquesta cara, de segur que tot anirà bé —va dir el Pep al Guillem per animar-lo una miqueta.

El Carles va dur al Guillem a sa casa i va poder comprovar que vivia en una finca semblant a aquelles que havien vist abans.

❖

De seguida que va arribar a sa casa, el Guillem va telefonar a l'Enric i li va contar fil per randa tot el que li havia passat.

—Que t'han furtat la bicicleta? Que fort! —va exclamar l'Enric.

—Sí, Enric, però el Carles ha aconseguit que un amic seu, el Pep, m'ajude a recuperar-la —li va continuar dient el Guillem.

—Com? Que és policia?

—No sigues burro, Enric! Com ha de ser policia un xic de catorze anys?

—Ah!, jo què sabia l'edat que tenia. Aleshores, com t'ajudarà a trobar la bici?

—No ho sé, el Carles diu que aquest Pep té molts contactes.

—Contactes, de quin tipus?

—I jo què sé, Enric! L'únic que m'interessa és recuperar la bicicleta.

—Ho contaràs als teus pares?

—De moment, no. Esperaré a veure com acaba tot.

—T'han demanat diners?

—Diners?, no. A més, que no tinc un clau, ja ho saps —va contestar el Guillem, preocupat perquè ni s'havia plantejat aquesta possibilitat.

—Mira, Guillem, jo et diré el que has de fer. Demà abans de les classes vas a veure la Conxa i li demanes els diners que ens deu. Sé que és poca cosa, però de segur que et faran paper, encara que siga per a deixar-los de senyal perquè et tornen la bicicleta.

—Però aquests diners els hem guanyats tots dos...

—A mi no em fan cap falta; en canvi, a tu sí.

—Però, i la teua germana?

—De la Mireia, ja me n'encarregue jo —va dir tot convençut l'Enric.

—Gràcies, Enric, que bon amic que ets —li va dir el Guillem de tot cor.

L'Enric coneixia un secret molt ben guardat de la seua germana: el Francesc, i encara que no pensava dir-ne res al pares, ho faria servir en contra d'ella si insistia que li pagara l'entrada del concert.

La mare va cridar el Guillem a sopar.

Mai havia mirat sa casa amb aquells ulls. La veia més gran, fins i tot massa gran per a ser tan sols tres persones les que l'habitaven.

El Guillem no tenia gana, però havia de sopar, no volia que la mare sospitara res. El pare no soparia amb ells perquè tenia una reunió. La mare va parar taula a la cuina. Havia fet el seu sopar preferit: llonganisses, creïlles fregides i amanida amb dacsa. Davant d'aquest àpat, no va poder sinó rendir-se. Tal com deia la mare: «Menjant menjant entra la fam».

—Fas cara de cansat, fill. Que has estudiat molt? —li va preguntar la mare.

—Una miqueta —va mentir el Guillem a contracor. No li agradava enganyar la mare.

—I la bicicleta?, no l'he vista al garatge —li va preguntar la mare.

El Guillem es va posar blanc. Va anar d'un pèl que no li ho contara. Estava cansat de dir mentides. Hauria volgut abatre totes les cartes i confessar-ho tot.

—L'he deixada a ca l'Enric. S'ha punxat una roda i, com que ja era tard, he tornat amb bus. Demà l'arreglaré —va contestar el Guillem.

No va poder dir la veritat, i no era per por del càstig, que ja tant se li'n donava, ni pel concert, ni per la bicicleta. Era perquè se sentia avergonyit d'haver mentit als pares, i sabia que si ho contava a la mare, l'hauria decebuda molt. Ella confiava en ell i ell havia traït aquesta confiança. Havia d'eixir d'aquest embolic tot sol. De moment, el que més el preocupava era la bicicleta.

Se'n va anar a dormir amb l'excusa que estava molt cansat. En realitat no era cap excusa, ho estava de veritat. Havia sigut el dia més llarg de la seu vida. Estava tan neguitós que no podia aclucar els ulls, i va decidir fer un repàs del dia. Era la primera vegada que treballava, en una faena remunerada, és clar. «És dur treballar», va pensar. No sols per l'esforç, sinó també per l'angoixa de pensar que si no fas bé la faena no et paguen.»

Una cosa sí que havia après. Ara ja sabia el que era viure de renda. A cals pares vivia com un sàtrapa, no és privava de res, tenia una habitació per a ell a soles, ordinador, televisor..., fins i tot videoconsola aquesta; encara que aquest no sabia quan li duraria, els pares sempre amenaçaven de traure-la de l'habitació perquè s'hi passava el dia jugant.

El Guillem volia la mare i els pardalets, anar al concert i recuperar la bicicleta. Però temia molt que hauria de pagar per la bicicleta i que també es quedaria sense anar al concert.

Quant li demanarien per la bicicleta? Perquè, tot plegat, ell només tenia quaranta euros de la propaganda, i això gràcies a l'Enric, que li havia donat la seua part.

Va pensar en el Carles. Era un xicot de bona pasta i no un fatxenda com ell creia. El Guillem va reconèixer que tot el que havia sentit fins ara per ell era enveja, perquè aprovava totes les assignatures, bo i copiant, tal com assegurava ell. Però, en realitat, el Guillem ja no estava tan segur que no estudiara. També l'envejava perquè tenia moto, tot i que haguera de suar la cansalada per a guanyar-se els diners de la gasolina.

El que encara no havia esbrinat era quina mena de relació tenia el Carles amb la Laia. Es va fer el propòsit de parlar amb ell. Havia demostrat que era un bon amic i, entre amics, el millor era anar a les clares. Ja s'havia adonat que traure conclusions abans d'hora no portava enlloc.

Com que no podia dormir, va agafar els llibres i es va posar a estudiar. No podia oblidar que l'endemà tenia la recuperació de l'examen de Llengua. Després de tot el que li havia passat, semblava com si s'haguera fet més responsable.

Divendres, un dia abans del concert

El Guillem es va alçar de matí. S'havia passat estudiant quasi tota la nit i no estava de bon humor. Feia molta cara de son i fins que no va esmorzar no es va espavilar.

Abans d'anar a escola havia de passar pel despatx de la Conxa perquè li pagara. Tenia la sort de cara, aquell divendres les classes començaven a les deu i mitja perquè el professor de Dibuix estava malalt. De manera que tenia el temps just, la Conxa obria a les nou. En acabant, havia d'anar-se'n corrents a l'escola, no volia fer campana.

Quan va arribar a l'agència, era tancada. Faltaven cinc minuts per a les nou. Es van fer les nou, i les nou i quart. La Conxa no va aparèixer fins a les nou i mitja.

—Com va això? Fa molt que m'esperes? —li va preguntar la Conxa.

—No —va mentir el Guillem.

—Ja has esmorzat? —li va dir la Conxa.

—Sí, a ma casa —va respondre el Guillem.

—Doncs jo no, i fins que no em faig un cafè no sóc persona. Au, anem, et convide —va dir la Conxa mentre baixava les escales sense esperar-lo.

El Guillem, tot i que tenia pressa, no li va poder dir que no. Necessitava cobrar per a recuperar la bicicleta, de manera que la va seguir.

El bar on es desdejunava la Conxa des de feia molts anys estava molt a prop de l'oficina.

Allí es respirava aroma de cafè en comptes d'oxigen. Tant era així, que el Guillem, que mai de la vida n'havia pres, en va demanar un. No li va agradar gens, és clar, no estava preparat per a aquell sabor tan deliciosament amarg. Va pensar que encara era massa jove.

En una paret, a dos metres d'alçada, hi havia una inscripció que deia: «Fins ací va arribar la riuada del 1957.» El Guillem havia sentit parlar d'aquesta riuada als iaios. Ells, en aquells anys, vivien a l'horta, en una barraca, i van haver d'eixir-ne corrents a refugiar-se a casa d'un veïns. Després d'aquest fet, se'n van haver d'anar de la barraca, perquè allí ja no podien viure a causa de la humitat.

El iaio li contava que va morir molta gent i que, per culpa d'aquella catàstrofe, molts valencians van quedar sense casa i d'altres es van arruïnar per complet.

En un altra paret hi havia un espill enorme. Devia ser molt antic perquè era ple de taques negres. El Guillem no es va poder resistir i s'hi va mirar. Duia tots el cabells despentinats.

El taulell era de fusta i al damunt hi havia una gran pedra de marbre molt gastada. Darrere, a la paret, hi havia una llista d'entrepans que de tan vella no es veien els preus. Al costat hi havia penjat un anunci, també molt antic, d'anís del Mono; sa mare en tenia una còpia igual emmarcada a la cuina, però el cartell del bar semblava autèntic. També hi havia un quadre amb la foto de tres xicots molt joves. Semblaven els mateixos tres cambrers quaranta anys arrere.

Un rètol de fusta duia la inscripció WC i dos dibuixos, l'un d'una dama amb un vestit del segle passat que feia que es protegia del sol amb una ombrel·la i, davall, una fletxa que assenyalava a la dreta; al seu costat, el dibuix d'un home molt elegant amb bastó i capell de copa alta i, davall, una fletxa que assenyalava a l'esquerra. Al Guillem li van venir ganes d'anar a canviar l'aigua a les olives, però abans havia d'arreglar comptes amb la Conxa.

—I doncs? Heu tingut cap problema? —li va demanar la Conxa.

—No, no, al contrari —va respondre el Guillem.

—Vols més faena?

—De moment, no. Però potser més avant sí que em farà falta.

—I aleshores, a què dec el plaer de la teua visita?

El Guillem no entenia res. Era prou clar que havia anat a cobrar.

—He vingut per veure si em pagaves —li va dir amb un fil de veu.

—Pagar-te? —va dir sorpresa la Conxa— . Jo em pensava que el Francesc ja us havia dit que liquidàvem el primer dilluns de cada mes, i encara falten dues setmanes.

Al Guillem li va rodar el cap. No va badar boca, no sabia què dir. Ara sí que estava perdut. L'ànima li va caure als peus. Pobre Guillem! Tant d'interès que hi posava, i en clavava una al mall i l'altra a l'enclusa, no li eixia res bé. Ara sí que estava amb l'aigua al coll.

«De sobte, una gran onada va irrompre al bar. La gent cridava i se subjectava on podia. La situació era angoixosa, però el Guillem va agafar pit i va mantenir la calma.

—Amuntegueu les taules i les cadires! —va cridar, però semblava inútil, la gent estava massa histèrica i ningú li feia cas.

Els tres joves cambrers sí que l'havien sentit i es van posar mans a l'obra. En un segon van fer una torre de taules. El Guillem nadava pel bar com si de la mar es tractara, ajudant la gent a en filar-s'hi dalt.

La senyora de l'ombrel·la i el senyor elegant amb el copalta passejaven tranquil·lament per l'aigua. De sobte, algú va cridar:

—Auxili! No sé nadar! —era la Conxa,

que estava atrapada entremig d'uns barrils de cervesa. El Guillem es va llançar a l'aigua i com va poder la va traure d'allí i la va pujar dalt de la pila de taules.

—Gràcies, Guillem, m'has salvat la vida. Si eixim d'aquesta, demana'm el que vulgues. Mai t'ho podré agrair prou —li va dir la Conxa.

Estaven amb l'aigua al coll.»

La Conxa el va veure tan abatut que li va fer llàstima.

—Tanta falta et fan els diners? —li va preguntar, mentre es cruspia tranquil·lament una pasta sucada en el cafè amb llet.

—Que si em fan falta? Tu no saps el que he passat aquesta setmana. Han sigut els dies més llargs de la meua vida.

El Guillem va veure que la Conxa estava disposada a escoltar-lo i va donar gust a la boca, es va ben esplaiar. Li va explicar que havia de recuperar la bicicleta de totes passades, que era un regal dels avis, que sentia de tot cor haver mentit als pares, però que ja no podia fer marxa arrere.

—I per què no parles amb ells? De segur que t'ajuden —li va dir la Conxa.

—És clar que m'ajudarien, però no vull que sàpien que he traït la seua confiança —es va lamentar el Guillem.

Era curiós. Per l'agència de la Conxa havia passat tota classe de persones que necessitaven diners per raons ben distintes: amortitzar

una hipoteca, pagar un deute de joc, afrontar una malaltia...; totes, sens dubte, molt més importants que la del Guillem. Però mai ningú havia aconseguit cobrar abans del primer dilluns de cada mes. Aquell marrec havia ablanit el cor a la Conxa. Ben cert era que la quantitat que necessitava el Guillem era molt menuda.

Quantes penúries havia passat per anar a un concert, al qual, a l'últim, no podria anar. I per a acabar-ho d'adobar, li havien furtat la bicicleta. La Conxa no ho tenia tan clar com el Guillem, que poguera recuperar-la amb aquells pocs diners.

—Jo encara em pense que ho hauries de contar als pares —li va aconsellar la Conxa—. Aquesta gent pot ser molt perillosa.

—No insistesques, Conxa. Ja t'he dit que no ho faré —el Guillem va mirar l'hora, eren les deu i quart; anava amb el temps just i no podia fer tard a l'examen—. Bo, me'n vaig, ja tornaré al principi del mes —va dir tot resignat.

—No tan de pressa, jovenet. Quants diners et dec? —li va preguntar la Conxa.

Al Guillem se li va il·luminar el rostre. Per què li havia fet aquesta pregunta? Tal volta l'havia convençuda.

—Quaranta euros —va dir el Guillem ràpidament.

La Conxa va traure la cartera de la seua bossa de mà —el Guillem no gosava mirar-la— i en va traure un bitllet de cinquanta euros. No sabia què pensar. Els diners serien per a ell o per a pagar el desdejuni?

—Supose que no tens canvi —li va dir la Conxa mentre li allargava el bitllet.

—No, no en tinc —va balbucejar. No duia ni un euro a la butxaca.

—Agafa els cinquanta euros, i que tingues molta sort —li va dir tota somrient la Conxa.

—Moltes gràcies, Conxa, mai oblidaré el que has fet avui per mi. M'has salvat la vida —va dir el Guillem, agraït.

—Espere que vindràs a mostrar-me la bicicleta —li va dir la Conxa.

—Ja hi pots comptar! —va contestar ràpidament el Guillem.

Ja era tard i se'n va anar a tot gas. Encara tenia alguna possibilitat d'arribar a l'hora. A les dotze tenia l'examen i no podia perdre més temps.

Mentrestant, ella es va quedar al bar assaborint l'últim glop de cafè amb llet.

La Conxa era una dona molt valenta, des dels catorze anys que estava a l'agència de publicitat. Hi va entrar de ben joveneta a treballar a les ordres del seu oncle, que n'era l'amo. D'ell va aprendre tots els secrets d'aquella professió. Quan va morir aquest, com que no tenia cap més família, va deixar l'agència a la Conxa. En aquesta herència també eren inclosos els creditors i tots els deutes. Però la Conxa, que era una dona molt emprenedora, no es va espantar i va decidir tirar avant. D'això ja feia uns quants anys, i la Conxa havia aconseguit fer-se un lloc en aquesta ciutat; un lloc menut, això sí, però gràcies al qual podia viure, sense luxes però amb una mica de dignitat. Ella sabia que s'aprofitava de la gent jove; però es justificava dient que no tenia cap altra alternativa, que prou feia per a arribar al final de mes. I no podia ser d'una altra manera. En realitat, la gent, quan veia la seua oficina, no ho dubtava, però la legalitat era la legalitat, i els joves com el Guillem i l'Enric, el que devien fer era estudiar i no ajudar la Conxa en el seu negoci.

Al Guillem totes aquestes històries no li interessaven gens. Ell no atenia a raons. Necessitava els diners i la Conxa l'havia ajudat a aconseguir-los.

❖

Eren vora les onze quan el Guillem va arribar a l'escola. Sort que el professor s'havia retardat i encara no havien entrat a classe. El Carles l'esperava.

—El Pep ja sap qui té la teua bicicleta.

—I què li han dit?

—No res, encara. Però, si vols que t'ho solucione prompte, serà qüestió que untes les corrioles als tipus que la tenen. Aquesta mena de gent només es mouen pels diners.

—Ja m'ho pensava! —va dir el Guillem

tot enfadat—. Damunt, hauré de pagar la gent que me l'han furtada.

—No tens cap altra eixida sinó acceptar el tracte. Tot i que la bicicleta és teua, hauràs de pagar. Quedaràs cul batut i cara alegre perquè encara els n'hauràs de donar les gràcies.

—Dis-me el preu, vull saber de quin mal m'he de morir. De totes maneres, si són molts diners no la podré recuperar.

—No ho sé. Aquesta vesprada ho sabrem del cert.

—I si no tinc prou diners, què passarà?

—No cal donar mal temps pensant què poden demanar-te. La cosa més probable és que no siguen molts diners. El Pep és un bon amic i sabrà negociar amb aquesta gent.

L'Enric es va afegir a la conversa.

—Com t'ha anat amb la Conxa? —va preguntar.

—Molt bé, és una tia molt enrotllada —va contestar el Guillem—. I tu també. Moltes gràcies per donar-me els diners —li va dir de tot cor.

—Tens l'examen ara, a les dotze. No te'n deus haver oblidat, eh? —li va preguntar l'Enric tot preocupat.

—Quin examen? —va bromejar el Guillem.

—Que quin examen? —va dir l'Enric, espantat.

—És broma. M'he passat tota la nit estudiant —el va tranquil·litzar el Guillem.

Quan es van fer les dotze del migdia, tots els alumnes que havien aprovat van eixir de classe. Aleshores, el Guillem es va adonar que eren molt pocs els que havien suspès.

El Ferran va repartir els fulls d'examen. El Guillem no s'atrevia a mirar-lo. Volia aprovar. Ho necessitava per a demostrar al Ferran que no era tan poca-solta com ell es pensava, i per a donar una alegria als pares. També per ell mateix. Sentia que alguna cosa havia canviat al seu interior, com si s'haguera fet més responsable.

Va donar una ullada a l'examen. Era molt curt. «Només dues preguntes», els havia dit el Ferran.

«Vida i obra de Joan Martorell» era la primera pregunta. El Guillem es va ficar el bolígraf a la boca, després va posar el nom i els dos cognoms al full d'examen i va començar a escriure.

El cavaller Joanot Martorell va nàixer a Gandia, a la comarca de la Safor, l'any 1413 o el 1415, en el si d'una noble família valenciana...

Les lletres fluïen del bolígraf del Guillem, que no es podia avenir de totes les coses que sabia de Joan Martorell. Durant un moment va pensar en la bicicleta. Tot i que estava preocupat, ara no podia pensar-hi. Havia de concentrar-se en l'examen. Per fi va acabar de respondre la primera pregunta.

Ara tocava el torn a la segona, que deia

així: *«Tirant lo Blanc:* Data. Autoria. Argument i contingut. Llengua i estil». El Guillem es va rascar l'orella. «Només dues preguntes». Va pensar que en aquesta segona almenys n'hi havia sis. Es va posar mans a l'obra, i mai millor dit.

«Tirant lo Blanc» es va publicar a València l'any 1490...

No s'ho podia creure. Se sabia totes les preguntes de l'examen. El Guillem continuava escrivint, i escrivint, i escrivint...

... la novel·la ocupa un lloc preeminent dins la nostra literatura.

Punt final. El Guillem ja havia acabat l'examen i fins i tot li havia sobrat temps. Havia de reconèixer dues coses, que el *Tirant* havia sigut una bona companyia durant totes les nits en blanc que havia passat a causa dels maldecaps que havia tingut al llarg de la setmana. Però, sobretot, havia comprovat que si s'estudiava era bastant fàcil aprovar. L'examen li havia eixit de categoria, això no es podia negar.

❖

En acabar les classes, el Carles i el Guillem van fer cap a Benalcadí.

De primer van passar a deixar les motxilles a cal Carles. Al Guillem li va resultar molt curiosa la casa. Era idèntica a la del Pep, però feia un efecte totalment distint. El menjador semblava molt més gran. Els mobles eren de pi, i a les parets hi havia quadres que havia pintat sa mare i que al Guillem li van encantar. Eren paisatges amb xiquets i arbres de molts colors. Li agradaven més que els quadres abstractes que hi havia a sa casa.

La mare del Carles era una senyora ben guapa i molt agradable. De seguida els va preparar el berenar.

El pare i la mare del Carles no coincidien quasi mai a casa. Treballaven a la mateixa fàbrica, però en torns diferents; és a dir, que si el pare tenia el torn del matí, la mare feia el de la vesprada. Ho havien triat així per poder estar més temps amb el fill.

El Carles no tenia germans, igual que el Guillem. La seua habitació no era molt diferent de la seua. Tenia un ordinador i un equip de música, però no hi havia televisor ni videoconsola. També tenia una guitarra elèctrica; al Carles li agradava molt la música i ja havia fet un curs al conservatori.

Els dos xicots van seure damunt el llit. El Guillem estava molt nerviós.

—No patesques, Guillem, el Pep t'aconseguirà la bicicleta. Quan es proposa una cosa, es penja de les orelles de qui siga fins que l'aconsegueix. És molt tossut —li va dir el Carles per tranquil·litzar-lo.

—A quina hora has quedat amb ell? —va preguntar el Guillem mirant el rellotge.

—A les sis. Trobe que ja no tardarà —va contestar el Carles.

En aquell moment van trucar a la porta. Era el Pep.

—Ja t'han dit quants diners volen? —li va preguntar el Guillem en veure'l.

—Cinquanta euros —va contestar escaridament el Pep.

Es va fer un silenci que el Carles no s'atrevia a trencar. Per fi, ho va fer.

—Tens els diners, Guillem? —li va preguntar.

El Guillem va fer un somriure.

—Sí que els tinc —va contestar—. De fet són tots els diners que tinc.

—Han posat una altra condició —va dir el Pep—. Has d'anar tot sol a arreplegar la bicicleta.

—Ni pensar-hi —va dir el Carles—. Jo l'hi acompanyaré.

—No hi pot anar ningú amb ell. Volen que hi vaja tot sol; si no, no recuperarà la bicicleta —va repetir el Pep.

—Però, per què? —va preguntar el Carles. El Guillem restava en silenci.

—No ho sé. Són gent rara però legal. Si hi va tot sol i els dóna els diners, tot estarà solucionat —va dir el Pep.

—No, de cap manera! Jo l'hi acompanye —va insistir el Carles.

—Deixa-ho córrer, Carles. Ja puc jo enfrontar-me amb aquests individus. A mi em basta cor per a anar-hi tot sol i eixir-ne airós —va sentenciar el Guillem.

La cita era en uns recreatius que hi havia prop de casa del Carles. El Guillem estava ben espantat, no li tocava la camisa a la pell. Però no estava disposat a tornar amb les mans buides. Volia la seua bicicleta.

Havia de preguntar per Vicent *el Tort.* Solament el nom ja el feia esgarrifar.

En veure'l se li va trencar el color, semblava que anava a desmaiar-se. Que era ben tort saltava a la vista. Però per al Guillem la sorpresa va ser contemplar una persona tan major, devia tenir almenys cinquanta anys.

«El Guillem va entrar en aquell cau infecte que feia pudor d'alcohol barrejat amb aigua salada. Feia molt de temps que no anava per allí, però el cambrer, que en comptes de mà duia un garfi, encara es recordava d'ell.

—Com va això, capità? —el cambrer va saludar el Guillem amb el garfi.

—Busque Vicent *el Tort* —va dir el Guillem mentre feia dringar una moneda d'or damunt el taulell.

El cambrer va agafar els diners i va assenyalar cap al fons del local. Allà hi havia Vicent *el Tort* amb el pegat a l'ull i el mocador al cap, repartint-se el botí amb la seua tripulació de lladregots. El Tort era un pirata molt temut, però a ell no li feia cap por.

El Guillem va empunyar l'espasa. Vicent *el Tort* el va veure.

—Capità Guillem, quina sorpresa! Què feu vós per ací? No sabia que fósseu client d'aquesta taverna —li va dir amb el trabuc a la mà.

—No, ja saps que a mi no m'agraden aquests caus, però tu m'has fet venir, i això no em fa cap gràcia —va dir tot enfadat el Guillem.

—Que jo us he fet venir? —va preguntar Vicent *el Tort.*

—Deixem-nos de romanços! Vull el que és meu! —va cridar el Guillem.

Els membres de la tripulació del Tort es van posar en guàrdia i van traure les espases de la baina. Eren massa gent per al Guillem, de manera que va canviar de tàctica.

—Digues a aquesta colla de brètols que deixen les espases a terra si no vols que en comptes del Tort et diguen el Cec —li va dir el Guillem posant-li la punta de l'espasa a l'ull que li quedava.

—No us poseu així, capità, parlant s'entén la gent —va dir el Tort mentre amb la mà feia un gest als seus sequaços perquè obeïssen el Guillem.

—On és la meua bicicleta? —va preguntar el Guillem.

—Per què suposeu que la tinc jo? —va duel Tort.

—T'ho preguntaré per última vegada.

On és la meua bicicleta? —va repetir el Guillem mentre continuava amb l'espasa a l'ull del Tort.

—Porteu la maleïda bicicleta! —va ordenar Vicent *el Tort* a la seua tripulació.

El Guillem va dubtar uns moments, va mirar al sostre i va veure la gran aranya plena de ciris que estava lligada a una corda. Ràpidament va tallar la corda i l'aranya va caure damunt la tripulació del Tort. Els ciris es van apagar i es va sentir un tret; era el Tort, que havia disparat. Però no oblidem que li faltava un ull i que estaven a fosques. Havia disparat ell mateix contra la seua tripulació. El Guillem va agafar la bicicleta i se'n va anar com un llamp.»

—Ets l'amic del Pep? —va preguntar el Tort al Guillem així que el va veure entrar per la porta. Tenia veu de cassaller.

—Sí —va contestar el Guillem amb un nuc a la gola.

—M'has portat els diners? —li va preguntar.

El Guillem li va allargar el bitllet de cinquanta euros.

—No et podràs queixar. T'he fet una bona rebaixa perquè ets amic del Pep —li va dir mentre es ficava els diners a la butxaca—. No et penses que per aquest preu donaria una bicicleta nova a un altre; és preu d'amic... —Vicent *el Tort* va esclatar a riure, li faltaven tres dents, i quan reia encara era més lleig. La veritat és que al Guillem li feia molta por.

—On és la meua bicicleta? —va preguntar el Guillem.

—No tan de pressa. Seu ací —li va dir assenyalant una cadira que hi havia al seu costat.

El Guillem estava nerviós. En aquella situació s'hauria donat per la pell. Estava desorientat. Si ja li havia entregat els diners, per què no li tornava la bicicleta i acabaven d'una vegada? No podia continuar mirant aquell home, el feia sortir de polleguera. Va donar una ullada al local. Els «RECREATIUS», tal com deia el rètol de la porta, eren tres futbolins en què als jugadors els faltava el cap o una cama, dues màquines de boles que feien un soroll infernal, una maquineta de matar marcians més antiga que la picor, i res més.

—Em fa molt de mal el cap i per acabar de fer el pes he d'aguantar aquest soroll tot el maleït dia —es va queixar el Tort.

Al Guillem tant se li'n donava si aquell home tenia mal de cap. Ell volia la seua bicicleta.

El Vicent *el Tort* es va mirar el Guillem. Va veure aquell marrec nerviós i confiat que li havia donat els diners abans de veure la bicicleta i li va fer llàstima. Ell només volia fer-la petar, enraonar amb un xicot que semblava diferent de tots els que anaven per allí. Però al Guillem li feia feredat el Vicent. Ell sols el veia com un lladregot que li havia furtat la bicicleta. En canvi, per al Vicent tot era més relatiu. La bicicleta era al carrer i ell l'havia agafada. Havia fet un bon preu al xicot perquè la recuperara i només desitjava un poc de gratitud, fer una xarradeta. Però eren dos móns completament diferents. Ja començava a cansar-se del Guillem, de manera que li va donar la bicicleta.

Vicent *el Tort* era un home major i molt bregat per la vida. No va conèixer mai els seus pares i es va criar al preventori de Gandia. Quan tenia deu anys en va fugir i va venir a València. Va treballar en tot el que es podia treballar, però no acabava de quallar en res. La seua especialitat era furtar, però sense cap violència. Si haguera guardat tots els diners que havia pispat, de segur que a hores d'ara seria milionari, però el joc i la beguda van poder amb ell. L'ull i les dents, els va perdre en una baralla. Les dents se les va posar postisses d'or, però les va tornar a perdre en una aposta.

Van venir temps moderns i hagué d'abandonar el seu ofici de lladre. Segons deia ell, hi havia massa intrusisme. La gent s'havia tornat massa violenta. Ja no es furtaven carteres amb l'art amb què el Vicent ho havia fet. Ara s'atracava amb pistoles. Aquest món no era per al Vicent, i va decidir retirar-se. Amb quatre duros i tres futbolins vells, va obrir uns recreatius al barri de Benalcadí. De tant en tant, li picava el cuquet i furtava alguna cosa, com ara la bicicleta del Guillem, però només per afició, pel gust de divertir-se.

El Guillem va pujar la bicicleta a cal Carles, no es fiava de deixar-la al pati.

El Carles li va obrir la porta de seguida.

—Has aconseguit la bicicleta? Toca-la, Guillem! Et felicite —els dos amics van encaixar les mans.

—Has tingut cap problema? —li va preguntar el Pep.

—Cap —va dir el Guillem, a qui encara tremolaven les cames.

—Molt bé, ja està tot solucionat —va dir el Carles.

—Sí, ja està tot solucionat —va remugar el Guillem.

—Però, què et passa?, per què fas aquesta cara? —li va preguntar el Carles.

—Tots aquests maldecaps per no res; ara torne a estar sense un clau, com al principi. Ja no podré anar al concert d'Els Pets —es va lamentar el Guillem.

—No cal agafar la figa pel capoll, tampoc! Bé deu haver-hi alguna solució —va dir el Carles.

—Cap solució. I tu, ara ja tens el camp lliure per a anar amb la Laia al concert —va dir el Guillem al Carles.

—Amb la Laia? —va preguntar tot estranyat el Carles.

—Qui és la Laia? I qui són Els Pets? —va preguntar el Pep esclatant a riure, perquè li feia molta gràcia aquest nom. No entenia res del que deien.

—La Laia és una companya de classe, una xicota que fa caure de cul. A mi m'agrada molt, i al Carles, també —va dir el Guillem al Pep tot resignat.

—Però tu no anaves amb la Rosa? —va preguntar el Pep al Carles.

—I tant! De la Laia és la primera notícia que tinc —va dir el Carles.

—Aleshores, a tu no t'agrada la Laia? —va preguntar tot emocionat el Guillem al Carles.

—La Laia? Però si jo ja tinc una xicota ben guapa que es diu Rosa. D'on ho has tret, tu, això de la Laia? —va preguntar el Carles al Guillem.

—Res, home, no em faces cas, sóc un lluç, un bleda. Perdona'm, Carles —li va dir de tot cor el Guillem.

—I ara que ja està tot aclarit, algú em podria dir qui són Els Pets? —va insistir tot rient el Pep.

—Un grup de rock —va contestar el Carles.

—De rock dur, heavy-metal, canya canya? Perquè amb aquest nom... —va dir el Pep, que no parava de riure.

—Home, tan durs no són, i tenen uns anyets. Vols escoltar-los? —va dir el Carles al Pep mentre li lliurava un dels auriculars del seu MP3.

—Això és tot? Bah! Blind Guardian, aquests sí que són bons!... —va dir el Pep.

—Blind Guardian? —va preguntar el Guillem.

—No em digues que no saps qui són Blind Guardian? —va preguntar el Pep al Guillem tot estranyat.

—Doncs no, jo deteste la música ianqui —va respondre el Guillem fent l'interessant.

—No en papes ni una, xaval! Que no són ianquis, que són alemanys i fan el millor heavy-metal de tot Europa —va dir orgullós el Pep.

El Guillem no va saber què dir. Es va acomiadar dels amics. Ja era tard i començava a plovisquejar.

—Espera't un moment —li va dir el Carles mentre treia de la cartera una entrada per al concert —. Tin, per a tu.

El Guillem no s'ho podia creure.

—No la puc acceptar, no tinc diners ni sé quan en tindré. De totes maneres, gràcies —li va dir el Guillem, que no pensava passar per tot el que havia passat una altra vegada per a poder pagar l'entrada al Carles.

—Agafa-la, home! L'havia comprada per a la Rosa, però els seus pares no la deixen anar al concert perquè l'han castigada. Pensava vendre-la demà; què li anem a fer, agafa-la i ja me la pagaràs quan pugues —li va dir el Carles mentre li feia l'ullet.

El rostre del Guillem es va il·luminar, no sabia com agrair-li-ho. Per fi ho havia aconseguit, aniria al concert.

❖

Estava tan content que quasi no es va adonar de la pluja que queia en el camí de tornada cap a casa. No es veien ni els carrers. Tenia una cortina d'aigua davant els ulls, però anava tan content que pedalejava sense parar i ni notava l'aigua. Va arribar a sa casa ben xop.

—Fill meu, com véns? —li va dir la mare tota preocupada—. Lleva't tota aquesta roba i dona't una dutxa ben calenta.

Va fer ràpidament el que li havia dit la mare. Desitjava trucar a l'Enric per contar-li tot el que li havia passat, però la mare el va fer sopar abans.

—Ja tinc la bicicleta —va ser la primera cosa que va dir el Guillem a l'Enric.

—Quant t'ha costat?

—Els cinquanta euros que tenia.

—I el concert?

—Ja tinc l'entrada!

—Però, d'on has tret els diners per a pagar-la?

El Guillem li va contar emocionat tot el que li havia passat. Ell mateix encara no s'ho acabava de creure. El Carles li havia donat una entrada. I la millor notícia era que no estava interessat per la Laia, perquè tenia xicota i li deien Rosa.

—Quina sort que tens! —li va dir l'Enric.

—Sí, és veritat, Enric. Després de tot el que m'ha passat, les coses m'han eixit molt bé —va reconèixer el Guillem.

—Conta'm fil per randa la trobada amb aquell tipus, com es deia?... Vicent *el Tort* —li va demanar tot encuriosit l'Enric.

—Demà t'ho contaré, Enric, que ara estic baldat. Serà millor que no allarguem més la conversa i anem a donar part a la nit. Demà és el gran dia —va dir el Guillem, que ja no podia més, havien sigut massa emocions en un dia.

Ara pensava que tenia molta sort. Havia guanyat un altre bon amic: el Carles.

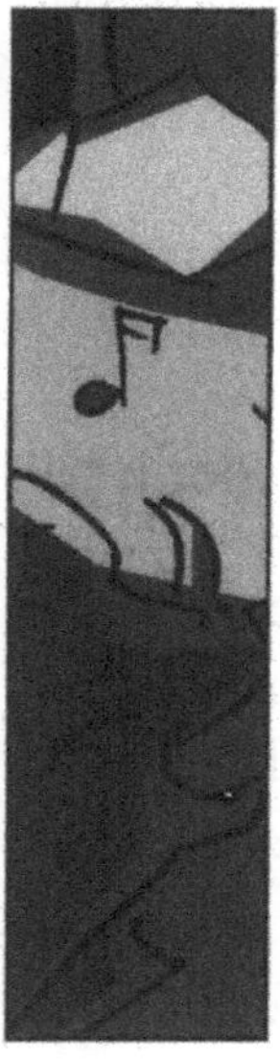

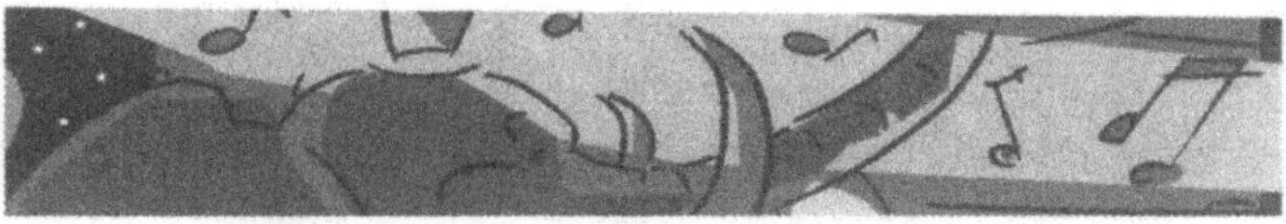

Dissabte, el gran dia

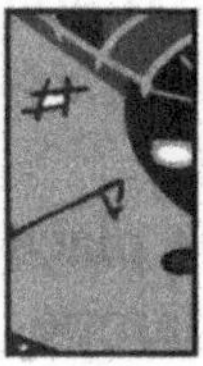

La plaça de bous de València era plena de gom a gom de joves que volien veure i sentir els seus ídols. Els llums van il·luminar l'escenari i la plaça es va omplir de música; una gran ovació va rebre el grup i tots van enfollir quan el cantant va eixir a escena.

Les Llufes anaven de banda a banda de l'escenari cantant i ballant.

De sobte, la música va parar, Gavaldà, el cantant, va quedar dret al mig de l'entaulat i tothom va guardar silenci. Llavors va pronunciar solemnement aquestes paraules:

—Bona nit, València! Vull que feu un gran aplaudiment al meu amic Guillem, que ens ha fet l'honor de ser avui amb nosaltres. Sisplau, Guillem, puja a l'escenari.

El Guillem va pujar de la mà de la Laia, i darrere seu, l'Enric i el Carles amb la Rosa. Després, la resta de la colla.

El Carles va agafar una guitarra i es va

posar a tocar. L'Enric ballava amb Les Llufes. I el Guillem, el Gavaldà i la Laia cantaven dalt l'escenari.

De sobte, es van sentir unes trompetes, les portes es van obrir i van entrar tres cavallers a galop, En Joanot Martorell, En Tirant lo Blanc i N'Ausiàs Marc. Darrere, una gran carrossa tirada per dos elefants blancs, i en ella la princesa Carmesina, envoltada de sedes, de joies i d'or.

L'influx de la lluna va transformar la plaça de bous en una pista de ball, les estrelles llampe gaven al ritme de la música.

En un racó, Martí Pasqual i Pasqual Martí, vestits amb gavardines blanques i amb ulleres fosques, tocaven les maraques i feien els cors a la Conxa, que anava vestida de llarg i tocava el piano. Al seu costat, el Ferran l'escoltava embadalit.

Enmig de la pista, Vicent *el Tort* feia voltes i més voltes a l'escenari amb la bicicleta, esquivant les parelles que ballaven abraçades: la Rihanna i el Messi, el Carles i la Rosa, el Francesc i la Mireia, i, com no, el Guillem i la Laia.

—T'estime —va dir la Laia al Guillem dolçament a cau d'orella.»

—Jo també t'estime, fill —va dir al Guillem sa mare, que estava molt preocupada.

—Aquest xiquet té molta febre —va dir son pare en posar-li la mà al front.

—Ara portaré el termòmetre —va dir la mare.

El Guillem es va despertar del seu somni.

—Quina hora és? —va preguntar el Guillem, que tenia el cap emboirat.

—Les cinc de la vesprada —li va respondre el pare.

El Guillem va provar d'alçar-se, però no va poder.

—Ostres!, el concert! —va exclamar.

—Aquest xiquet delira —va dir la mare mentre li posava el termòmetre.

—Estic bé, deixeu-me alçar —va insistir el Guillem.

La mare va mirar el termòmetre. Marcava trenta-nou graus.

—No aniràs enlloc. Ara cridarem el metge —va dir el pare.

—He d'anar al concert! No ho enteneu, cal que hi vaja..., jo... —repetia el Guillem.

—Estàs tot suat —va dir la mare.

Els pares li van canviar els llençols i el pijama. Amb la roba neta ja es trobava millor. La mare el va acotxar i li va fer un bes. El Guillem es va tornar a dormir i va continuar somiant.

Diumenge, després del concert

El Guillem va sentir sonar el telèfon. Al cap d'uns segons va entrar la mare a l'habitació, va obrir les cortines i la persiana i va deixar que entrara el sol.

—Com estàs, fill?

—Bé, però em fa un poc de mal el cap —va dir el Guillem.

—Això és normal, aquesta matinada has tingut molta febre. Agafa el telèfon, és l'Enric. Però no ho faces molt llarg que encara has de descansar —li va advertir la mare mentre eixia de l'habitació.

—Ja has vist la samarreta? —va ser el primer que li va preguntar l'Enric.

—És una canya! —va exclamar el Guillem.

—Hem vingut la Mireia i jo aquest matí a veure't, però ta mare ens ha dit que dormies, de manera que li hem donat la samarreta a ella. Sabia que quan la veieres, et trobaries més bé —va dir l'Enric.

—Gràcies, Enric, no m'ho esperava —va

dir el Guillem, a qui la samarreta havia fet molta il·lusió, però encara més que li la portaren els amics.

—A qui has de donar les gràcies és a la Mireia, que, esmunyint-se entre els guardes de seguretat, es va ficar al camerino d'Els Pets perquè te la signaren. Diu que fins i tot va poder fer una besadeta al Gavaldà —va dir l'Enric.

—De la teua germana no m'estranya res —li va dir per pròpia experiència el Guillem.

—T'està molt agraïda d'haver-li donat l'entrada —va dir l'Enric.

—Per a què la volia jo, si no hi podia anar... Almenys l'ha feta servir algú. A més a més, de segur que si no haguera sigut per ella m'hauria quedat sense samarreta —va dir el Guillem tot rient.

—Ja ho pots ben dir, perquè jo mai de la vida haguera besat el Gavaldà —va continuar la broma l'Enric.

—Com va anar el concert? —va dir el Guillem.

—Una passada! No t'ho pots imaginar —va exclamar l'Enric.

—No, és clar —va dir el Guillem, que no se'l podia imaginar, però sí que l'havia somiat ell tota la nit.

—Saps qui va preguntar per tu? —va dir l'Enric.

—No, qui? —va preguntar el Guillem.

—La Laia —li va dir l'Enric, que estava

segur que aquesta informació interessaria al Guillem.

—Sí? No fotes! —va dir el Guillem tot entusiasmat.

—Estava molt preocupada per tu, xaval. Em va dir que potser es passaria aquesta vesprada a veure't —li va dir l'Enric amb complicitat.

El Guillem no va poder obrir la boca. Va mirar al seu voltant. Quin desastre! Es va mirar el pijama. Vaja!, no podia ser, va pensar, duia posat el dels Picapedra que sa mare li va regalar per Nadal. Va mirar el rellotge: les tres i mitja de la vesprada.

—No et va dir a quina hora vindria? —va preguntar a l'Enric.

—No, ja t'he dit que no ho va assegurar —li va dir l'amic.

—Però feia cara de voler venir a visitar-me? —va insistir el Guillem

—I jo què sé quina cara feia!, la de sempre... Ja saps com són les dones, aquesta vesprada de segur que s'hi presenta —va dir l'Enric.

El Guillem va mirar tots els papers escampats per terra i va observar les frontisses trencades de l'armari. Havia de fer dissabte un dia d'aquests.

—Tu vindràs aquesta vesprada? —li va preguntar el Guillem tot preocupat.

—Sí, però m'esperaré fins que em telefones, no vull aguantar la capa si ve la Laia a veure't —va dir tot rient l'Enric.

La mare va irrompre a l'habitació. Duia una safata plena de coses.

—Penja, Guillem, que has de descansar. A més, vull que et prengués açò ara que és calent —li va dir alhora que deixava la safata damunt el llit.

Al Guillem no li va quedar altre remei que acomiadar-se de l'Enric i penjar el telèfon.

—Mare, on és el pijama que em va regalar la tia pel meu aniversari? —va preguntar el Guillem.

—El de seda blau?, aquell que em vas dir que ja el podia tirar al fem perquè no te'l pensaves posar mai més? —va preguntar tota estranyada la mare.

—Sí, aquell —va insistir el Guillem.

—L'he tirat —va respondre la mare.

—Mare! —va renegar el Guillem.

—Es broma... Però si no em dius per a què el vols, no et dic on és —va dir la mare, que sabia molt bé com fer posar nerviós el Guillem.

—Tu per a què creus que és un pijama? El vull per a canviar-me aquest —va dir el Guillem tot enfadat.

—Tan bonic que és aquest..., té tota la família Picapedra. A més, que te'l vaig regalar jo, de manera que mesura molt bé les teues paraules, jovenet, o pots crear un greuge comparatiu amb la tia —la mare continuava fent-li la guitza.

—Em rendesc, no vull el pijama —el

Guillem no estava disposat a contar a la mare res de la Laia.

—Tu mateix —li va dir la mare i va eixir de l'habitació.

El Guillem va engolir tot el menjar de la safata, tenia gana. Es notava que ja li havia baixat la febre.

Quina setmana que havia passat, i a l'últim per a no anar al concert. Per uns moments, va pensar en el Tirant, el cavaller que havia afrontat totes les batalles i al final havia estat vençut per una malaltia comuna, una vulgar pulmonia. Quasi li havia passat com a ell; només que, com que som al segle XXI, amb una bona dosi d'antibiòtics, a ell se li havia curat tot. Però, d'alguna manera, ell també havia lliurat les seues batalles, al poble d'Alaquàs, al barri de Benalcadí, amb Vicent *el Tort,* i fins i tot amb el Ferran.

La mare va tornar a entrar a l'habitació. Portava el pijama de seda a la mà.

—Tin, i no et preguntaré qui ve a veure't aquesta vesprada.

«Per què deu ser que les mares sempre ho saben tot?», va pensar el Guillem. «Semblen endevines.»

—Mare, que em podries fer un altre favor? —li va dir el Guillem amb una miqueta de vergonya.

—Digues, fill —li va dir la mare afectuosament.

—Podries arreplegar els papers que hi ha escampats per terra? Per favor... —va dir el Guillem fent cara de bon xiquet.

—Mira que tens barra, Guillem —li va dir sa mare mentre agafava els papers—. Ara, açò té un preu.

—Quin? —va preguntar el Guillem amb temor.

—Ja t'ho diré quan estigues bé del tot —li va dir la mare mentre eixia de l'habitació.

El Guillem es va canviar el pijama i es va agençar un poc. Ja estava tot a punt per a rebre la Laia. Mentrestant, va agafar la samarreta d'Els Pets i va llegir la dedicatòria:

«Que et millores, Guillem, t'esperem en el pròxim concert»

INDEX

GEMMA PASQUAL I ESCRIVÀ

Va nàixer a Almoines (la Safor) l'any 1967. Un bon dia va decidir començar a escriure històries i així va nàixer la novel·la que teniu a les mans, *Una setmana tirant de rock.* Després van venir *Marina; Et recorde, Amanda* (guanyadores de les edicions 2001 i 2002 del premi Samaruc de Literatura Juvenil); *Gènova, «città chius@», L'últim vaixell* i *La màgia del temps,* històries fetes especialment per als joves, que són la gent que més li agrada.

Aquest llibre s'ha acabat d'imprimir el mes d' juny de 2014.